78

HACCA

Copertina e logo design: maurizio ceccato | IFIX project

© 2018 KINDUSTRIA
Viale martiri della libertà 65/b – Matelica (MC)

info@hacca.it
www.hacca.it

ISBN 978–88–98983–32–2

sara gamberini
maestoso è l'abbandono

HACCA

A Mariam, mia stella polare

Sono qui da secoli, per gli addii mi serve tempo. È l'alba, l'ora del lupo è passata da poco, mi scrollo di dosso i residui patetici, gli eccessi emotivi, sistemo il sedile e lascio via Pigna numero due. Sono stata appostata in macchina tutta la notte, ho cantato le canzoni che trasmettevano alla radio bevendo quasi per intero una confezione di campari.

Ne ho bevuti sei, tutti caldi. Al quarto ho scritto *Non verrò per un po'*, seguito da *Questo è un addio* e *Non ci vedremo mai più*, ho lasciato un biglietto sullo zerbino e sono rimasta a guardare per molto tempo la porta chiusa per sempre, se mi riuscirà.

Non ci sei più. Ho aspettato a lungo che smettessi di sbagliare, poi un giorno, verso le cinque e trentadue, me ne sono andata. La tristezza scavalca lobo frontale, polmoni, teoria del linguaggio, la Cosa, das Ding, e mi allaga la vista.

Come preludio all'addio mi ero rasata i capelli a zero, avevo ascoltato le poesie di Mariangela Gualtieri a tutto volume piangendo allo specchio; versi delicati recitati con una voce lugubre, sussurrata, e un riverbero che creava un effetto heavy metal che mal si addice a una poetessa tanto eterea.

Angeli di goccioline, prova a ripeterlo con la voce di un drago.

Avrei potuto di nuovo pronunciare parole inutili.

A letto mi pento. Mi addormento solo quando riesco a immaginare l'espressione del dottor Lisi mentre legge il mio messaggio, lo vedo sorridere compassionevole e agitarsi per la mia salute, dandomi per spacciata. A lui piace prevedere il futuro, è un freudiano ortodosso. Tengo in mano i due biglietti che ho scartato. *Questo è un addio* e *Non ci vedremo mai più* restano chiusi nel mio pugno, li custodirò in una scatola che ho riempito di amuleti.

Rimpiango i giorni in cui credevo in lui, quando ero certa che scandagliare le intenzioni portasse a una soluzione come salvare, cambiare le rotte, la distensione. E allora ostinarsi su un difetto, mostrargli padronanza, gli atti di fede, confidare che un uomo sapiente avesse potere sugli ingranaggi misteriosi e sapesse riempire i vuoti, mettere in salvo la pace. Una leggerezza che non mi sarei mai perdonata.

Il cielo è rosa e giallo in assenza del dottor Lisi. Con il fallimento dei miei desideri, con il furore del miglioramento placato, cerco di fermare gli occhi su qualcosa di nuovo. Provo a non pensare. I desideri accadono lentamente e hanno molti intermediari, a meno che non ci protegga una luna nuova o non ci si affidi a uno psicoanalista profeta; io ho pazienza e so aspettare. Mi capita di aspettarlo ancora, azzero per un momento la vastità dei fenomeni incomprensibili ed entro di nuovo lì dove si poteva credere a tutto e io venivo fermata, risarcita, protetta.

Quando sono triste faccio in modo di non piangere, preferisco arrabbiarmi. Prova a restare immobile mi suggeriva il maestro di yoga, un uomo che indossava delle camicie bianche macchiate di caffè e marmellata di mirtilli. Verso sera esco a comprare lo scotch in cartoleria, le calze alla Upim, i mestoli di legno al negozio di casalinghi. Le cose che mancano, di solito a me mancano per sempre, non le compro mai. Sto tre anni senza colla, dieci senza frullatore, cinque senza la cassetta della posta. Comprare qualcosa di utile è pur sempre un progetto, capita di farlo quando mi sento in colpa o quando ho bisogno di consolazione, se non decido di dedicarmi ancora a qualche sciocchezza. Chi non è pratico dipende sempre da qualcuno che lo è e in cambio può donare solo questioni inservibili da menestrello. Il dottor Lisi per motivare l'interruzione dell'analisi sceglierebbe la seduta sull'autonomia, sulla dipendenza, sull'ansia da separazione per arrivare poi all'adorato genotipo abbandonico.

Tutte le strade portano all'abbandono.

Mi arricchirò di una nuova intenzione, un piano di salvezza, da tempo vorrei metterlo in piedi ma vengo continuamente interrotta dai salvatori del mondo chiaro. Devierò, disattenderò i precetti freudiani e mi riempirò la vita di cose vicine, di amori impossibili, di sostegno terreno, di dipendenze simbiotiche, e quando sarò piena di amore, quando ne avrò assunta una dose nauseante, mi sarò calmata. I pensieri non servono che a poco, le conseguenze degli accadimenti si depositano chissà dove, non certo nella mente, nei modi più inaspettati. La polvere delle cose che accadono va contro ogni mediazione e crea una nuova propensione. Succede così di raggiungere il favoloso punto di non ritorno, senza volerlo, talvolta addirittura opponendosi con tutte le forze. Ma inutilmente. Allora si appendono le piume al chiodo, ci si appassiona di invisibile, si riescono a incontrare solo le persone davvero sorprendenti. Io che fin da subito nel patto con le divinità ho restituito, mai usata, tutta la scorta di affidabilità e rassicurazione che mi spettava per avere in cambio i movimenti assurdi, le posizioni inattuali, ho dimenticato di conservare la mappa che mi avevano consegnato, quella per i percorsi nascosti. Così adesso ne disegno una, forse più imprecisa, che non sarà mai chiara come l'originale, ma ho trovato degli adesivi a forma di puntini molto piccoli e rossi che si possono staccare e riattaccare senza che la colla svanisca mai. Mi manca il dottor Lisi, al suo posto nel mio stomaco c'è un buco dal quale colano tramonti e cieli gonfi di temporale.

Invidio le persone che se ne vanno sfumando, quelle che scompaiono lentamente solo quando le inviti ad andarsene. Con loro tutto ha inizio con una presenza luminosa, talvolta altissima, talvolta smarrita, fino all'accadimento dell'evento irreparabile, l'evento cruciale delle cui origini nessuno saprà niente nei secoli a venire, dai secoli passati. Essi scivolano in un luogo senza tempo, risucchiati da una scia polverosa che fa scomparire le vocali, un piede, le parole, gli abbracci; da questo luogo tendono le braccia, allungano le dita per attaccarsi alla terra ma il vapore e l'indicibile li catturano per lanciarli nel silenzio selettivo, nello spazio senza tempo. In principio sfumano le manifestazioni concrete, rimangono l'amore universale e le risposte gentili con chiusa secca. Si resiste, si fa l'abitudine al finale sgarbato e tutto sembra tornare a posto. Si passa invece, sfumatura impercettibile, alla presenza intermittente. Si osserva il vortice della predestinazione a occhi spalancati, ci si riconosce tra le spirali, tra i cerchi che si restringono, siamo noi, siamo noi. Eppure con loro non si tocca mai lo stato di confidenza lineare, rimane tutto sempre stupefacente ma impacciato, garbato. Chiunque avvicini uno sfumatore ha un'istintiva reazione di fuga. La fuga però è inattuabile perché gli sfumatori non appena qualcuno accenna ad andarsene si fanno lunari, si fanno millepiedi e perturbanti e orsi d'amore, ti avvolge la luce. Tu li sbirci come di fronte alle strade non battute del bosco, da un lato i rovi, i pungitopo, più distante un passaggio che sembra chiuso, sembra finire in una grotta, dentro le capanne immaginarie, vieni da me. Essi staccano la mano dalla terra e la allungano per farti attraversare la distesa di rami, i mucchi invalicabili, ma tu torni indietro. L'ultimo stadio non ha mai fine, è lo stadio infinito dei convenevoli. Un sorriso, la cortesia, te ne vuoi andare? Scherzi? Sono solo stanco, molto stanco, sono qui.

Dopo essere stata una ragazzina anarchica, sentimentale, animista, ho frequentato per molti anni lo studio del dottor Lisi. Mi accompagnava dalla nascita una piccola tensione mistica molto terrena dovuta alla propensione di mia madre alla simbiosi e all'alchimia. Parlavo con grande sicurezza di cose che non conoscevo a fondo, percepivo il mondo sottile, la perfezione dell'universo. Poi è piombata dal cielo una paura cupa, simile a uno spavento. Da piccola sono stata cattolica per qualche tempo, parlavo a Dio inginocchiata davanti alle aiuole, gli chiedevo di liberare Aldo Moro, mi rivolgevo a lui per le emergenze. Prima emergenza volgere gli occhi alla volta celeste, seconda emergenza le manifestazioni di euforia sproporzitate, terza emergenza la ritrosia di un genitore. Dio è ricomparso qualche anno dopo con le sembianze di un punitore terrificante, una coscienza morale appuntita; mi perseguitava, chiedeva continue offerte, sacrifici estenuanti.

Avevo chiesto a mia madre se credesse in Dio per potermi affrancare con il suo aiuto dalle creature metafisiche diaboliche, ma aveva risposto che in famiglia eravamo tutti atei. Da dietro la credenza mio padre la invitava a parlare a suo nome, dovremmo smettere di usare il plurale, diceva. Eravamo troppo liberi, comunisti, disinvolti, aleggiava per casa un'atmosfera sensuale che mi faceva spesso ammalare di tonsillite, un impasto di rabbia ed egocentrismo, di seduzione e regressioni continue, le regressioni piene di malinconia, di inquietudine immotivata, di insoddisfazione. Desideravamo quello che non c'era, i desideri che spesso sono solo spinte verso il nulla, prive di oggetto, ci parlavano dell'incapacità di stare nel destino, del bisogno di rifugiarsi in un sogno, in quello che non era ancora accaduto. Ma noi non capivamo. Adesso, quando sento salire l'inquietudine, mi circondo di meraviglia, un libro proprio bello, il mio tè preferito, il bosco; provo a osservare il cielo. Impiego molto tempo per tornare al presente, per uscire dalla frustrazione senza causa. Ma sono sempre alcuni oggetti, per via dell'animismo, e il cielo, a riportarmi dove sono, mai le persone. Le persone sono per me fonte di turbamento, così mutevoli. So di respingerle. Molte volte ho a che fare con qualcuno che non capisco, persone che scompaiono, che parlano piano, non parlano, persone che fanno come vogliono, e al cospetto dell'inconsapevolezza di alcuni si leva come se fosse vento un dispiacere che non so tollerare.

Nel tinello una nuvola di fumo usciva dalla Kim di mia madre e avvolgeva le nostre posizioni. C'è un luogo per gli interessi comuni, uno per ciò che divide e poi c'è un tempo per la vocazione, il tempo negato. Ho creduto di dover venire a patti con Dio, di essere costretta a mediare. La mediazione è un'abilità per bugiardi, mi ripetevo. Punizioni e condanne si accumulavano nella mia mente pronunciate da voci angeliche, la mente produceva una lista di mancanze che si ripeteva senza sosta, ricordava che nella pratica della lamentazione, nel piagnisteo, si insinua il peccato. Lo svelamento divino aveva preso la deriva della paranoia, di una mistica terrena, punitiva, niente di azzurro, piuttosto al cospetto di Dio un odore di fieno, pipì, caldo e sudore. Dopo le contrattazioni con Dio, il panico mi assaliva per giorni, provare per finta a morire, questo pensiero è mio o tuo? Ho iniziato l'analisi a vent'anni, l'ansia mi minacciava di morte a ogni separazione.

Riempivo interi fogli con la mia firma, in fondo alla pagina scrivevo *Per sempre* tua e conservavo gli A4 delle preghiere a mio nome in un cassetto.

Passati pochi mesi dall'inizio dell'analisi i sintomi si erano attenuati, era bastato assistere al mistero della cura e aspettare ogni settimana il mercoledì. Nella traduzione perdevo pezzi di corpo e guadagnavo un ricambio d'aria in testa, pensieri ovattati, reazioni morbide, una bella calligrafia, i significati. Scovavo nessi e mi appassionavo allo scarto tra un sogno e il tentativo di raccontarlo, tra una stretta al cuore e le sue premesse. Dimenticai tutte le strade senza senso camminate nei boschi e iniziai ad aspettarmi qualcosa di importante, una meta. A Dio mi rivolgevo nei momenti di stanchezza, lo mettevo alla prova distratta. Mi consolidavo così sempre più nel razionalismo semantico, nel simbolismo spicciolo e materialista delle mie impressioni di neonata. Il cibo avuto o non avuto, l'affetto che c'era stato in modo così poco perbene, il padre, la madre, la società, la pulsione di vita, la fase orale, dimenticare. Questioni che il più impacciato dei mistici liquiderebbe, senza indugiare, sotto il nome di fato.

Il dottor Lisi era un professionista stimato, membro della società psicoanalitica italiana. Indossava le camicie azzurre, i golf blu, teneva le scarpe slacciate ed era appassionato di auto da corsa. Arrivava in studio su una vecchia Ferrari e io provavo orrore per questa sua passione, ma mascheravo la mia riprovazione, intenzionata a sviluppare per lui l'amore incondizionato. Era un uomo affascinante, alto quasi due metri, una madre enorme. Possedeva costanza e determinazione e la leggerezza di chi non ha mai creduto che sotto la pelle si nascondessero gli esseri cosmologici oscuri. Non mi sembrava poco, poter contare su una persona che governava la mitologia delle emozioni, le apparizioni, i sensi di colpa.

C'è stato un tempo, mi dicevano i sogni, in cui hai dovuto separarti prematuramente da qualcuno che così tanto amavi e hai creduto che quel vuoto sarebbe rimasto incolmabile.

Secondo la psicoanalisi soffrivo di ansia da separazione e di propensione a spezzare i legami.

Ma io avevo paura di allontanarmi da tutto. È proprio per questo, mi spiegava il dottor Lisi, e io mi arrendevo perché non lo capivo. Lo stavo ad ascoltare piena di fiducia perché non avevo mai sentito parlare di inconscio prima d'allora, in famiglia conoscevamo solo Tolstoj, la passione d'amore, gli Inti Illimani, i ricatti affettivi e l'onnipotenza degli oggetti incantati che mia madre usava per i suoi riti. Un vaso di ceramica bianco che conteneva sale grosso e petali di rosa, un piccolo quadro con lo sfondo blu su cui era dipinto un punto dorato, una stella, quasi alla fine della tela, una bambola di pezza con i capelli lunghi di lana che mi era stata regalata dall'amico suicida di mia madre e che lei aveva tenuto per sé, pezzi di dente di un gatto, polvere da sparo, una spilla da balia d'argento.

Nel distacco mi frammentavo in una bambina muta, in una creatura dalla bocca enorme, nella mendicante con le unghie sporche, nella dea Kali, la potenza inarrestabile, in un'anima che vaga senza pace e fa ritorno dai vivi per assicurarsi che nessuno l'abbia dimenticata.

Mentre l'analisi lavorava per fortificare il mio Io, intuivo che l'Io doveva invece dissolversi, ma mi dispiaceva comunicarlo al dottor Lisi.

Una volta, prima di sdraiarmi sul lettino, sistemai un foulard sul cuscino dell'ottomana. Pensavo ai pidocchi, al contagio. Il dottor Lisi non riuscì a nascondere l'entusiasmo clinico per quel gesto maldestro, pieno di paranoia. Si sdraiavano un po' tutti sulla stessa fodera a un ritmo di trenta minuti a seduta, aveva abolito il quarto d'ora di pausa tra un paziente e un altro, mi dispiaceva che pensasse ad arricchirsi. Ai minuti. Pensa a me.

Quando mi lamentavo del tempo lento dell'analisi, della guarigione eterna, inafferrabile, il dottor Lisi era solito usare l'immagine di una persona che cammina nelle sabbie mobili. Di questo movimento lui intuiva solo la progressione.

Durante le sedute guardavo il fumo della sua sigaretta avvicinarsi e restare sospeso sul lettino. Il fumo usciva dalla sua bocca e arrivava a me. Mi preoccupava che nessuna interpretazione corrispondesse a niente ma non era ancora arrivato il tempo del commiato, della distanza. Aspettavo quel momento nei giorni di furia, nelle ore di euforia scomposta, quando sognavo di essere una disegnatrice, una psicoanalista, una poetessa. Quando mi sedevo a gambe incrociate e sfidavo i pensieri non ancora pensati.

Sentivo una nostalgia struggente, consolatoria, dei giorni in cui le parole somigliavano a epifanie, a piccole divinazioni, i giorni dei sentimenti arditi, quando la paura faceva materializzare i draghi e comparivano le creature enigmatiche, gli angeli, quando i cuori di tutti si spalancavano e poi si richiudevano, e nessuno indagava le cause dell'amore né provava a convertire la diffidenza in compassione. La diffidenza era un segno, e veniva ascoltato.

Sdraiata sul lettino, i piedi incrociati, le mani giocavano con l'anello. Davanti a me una stampa della cattedrale di Ferrara e un paravento antico, ricamato con rami e foglie d'oro dai quali sbucava un uccello della felicità a cui si era scucito un occhio. Sembrava coprire un segreto, qualcosa di interessante di lui che non conoscevo. Nascondeva invece i cavi del telefono e i fili delle lampade. Un esteta il dottor Lisi.

Ogni tanto sorrideva e la stanza si riempiva di luce.

Ho sempre trovato artificiosi i suoi silenzi, una sovrastruttura buona per scambiarsi segreti, non certo per avvicinarsi a un'anima in ambasce. Ma io non sopporto troppo il silenzio, mi sembra un luogo pericoloso, pronto a riempirsi di ostilità, di assenza.

Avevo scoperto che cambiando discorso le parole che mi innervosivano diventavano provvisorie. Quando non so come rispondere e temo di deludere le aspettative di qualcuno, pronuncio la parola meraviglioso e tutto sembra tornare amichevole, appagante.

Seguendo le associazioni capitava a volte che arrivassimo a toccare alcuni misteri dell'universo, guardavamo commossi l'apparizione di una bambina che accudiva delle lumache vicino a un orto.

Se sposti lo sguardo in alto puoi vedere nell'aria una miriade di pulviscoli. Qualcuno pensa sia polvere, qualcun altro crede siano entità magiche, altri non li vedono affatto. Più in alto ancora ci sono gli arcobaleni rotti, i desideri non esauditi, i pianti inascoltati.

A volte è bellissima, altre volte è così arruffata, mi confessò un giorno quando gli chiesi se secondo lui sarei piaciuta a un ragazzo incontrato a lezione, una persona molto per bene che indossava i mocassini anche sulla neve.

Un rumore di pagine intanto si muoveva piano, sembrava stesse leggendo il giornale.

Non sono una statua, mi disse, la sua fantasia rivela che se lei fosse al mio posto leggerebbe il giornale invece che ascoltare i pazienti.

Capitava anche a lui di muoversi ogni tanto.

Non dubitavo che quel rumore provenisse da un quotidiano sfogliato, né trovavo peccaminoso che desse un'occhiata a una notizia interessante, ma le interpretazioni ostacolavano la nostra relazione, sempre più lontana dal buon senso e molto prossima a un errore. Rimasi in silenzio seguendo il copione di quello che il dottor Lisi aveva capito di me. Mi preoccupava che ogni suo errore si trasformasse in una mancanza.

Uno strano articolo raccontava che alcune persone ribattezzate con nomi indiani di fantasia, Devanyata, Anahngitta, salutano le proprie emozioni, quelle che non vorrebbero provare ma che fingono comunque di accettare, dicono ciao rabbia ti ringrazio, adesso non ho più bisogno di te. E poi si sentono meglio. Ha inizio il lungo cammino di separazione dalla nostra natura umana per divenire impalpabili, angeli dagli occhi chiusi. Saremo presto di nuovo una bolla d'acqua a forma di astore, fumo di nebbia trasportato dal vento, il vento soffia e il fumo diventa una bocca protesa, un piumino di cipria. Osservare i baci. Capire se ci si bacia per compensare una mancanza, per desiderio o incondizionatamente. Il bacio puro. Senza saliva.

Avevo sviluppato una piccola ossessione per la durata delle sedute. Sembra una catena di montaggio, gli ripetevo sempre. Quando incrociavo un altro paziente ero tentata di fermarlo per chiedergli se la brevità delle sedute non lo insospettisse. È pur sempre un essere umano, avrei voluto dirgli. Sognavo di fare una rivoluzione. In quella domanda invece il dottor Lisi scorgeva il desiderio di stare sempre con lui, allora immaginavo di trasferirmi a vivere nel suo studio e di non lasciare entrare più nessuno, avrei potuto finalmente scoprire che libri leggeva, guardare dietro al paravento, avrei dormito sulla sua poltrona. Era così importante stare al riparo in quei giorni.

Ma capire sarà davvero la forma più alta di conoscenza?

Aspettavo impaziente il ritorno della sfortuna, del caso, degli inconvenienti, delle dimenticanze, di tutti gli eventi accidentali che non avevano un movente.

Se i primi anni uscivo dal suo studio invasa dalla fascinazione e poi più tardi in preda a un'ambivalenza feroce, si faceva strada la certezza che il dottor Lisi fosse una persona mediocre.

Il cielo era di settembre, si allungava e formava una V tra i palazzi, azzurro e nuvole nella norma.

Avevo letto un trattato sulla *folie à deux* che dopo poche pagine si diramava in *folie imposée* e *folie simultanée*.

Una foto ritraeva le sorelle Papin prima e dopo l'omicidio. Quando già adulte somigliavano a due bambine infelici, e poi con il volto sfigurato dall'odio. Lea e Christine, con la forza dei pollici, avevano strappato gli occhi dalle orbite alle padrone di casa da cui erano a servizio dopo gli anni passati in orfanatrofio. Gli anni disarmati. Al giudice non avevano dato una motivazione plausibile dell'omicidio, preoccupate unicamente di condividere la colpa. Proteggevano il loro attaccamento, interessate solo a poter stare insieme, si mostravano impassibili di fronte a qualunque altro interesse, a qualsiasi condanna.

Adottando i sintomi della persona dominante, il soggetto sottomesso ne ottiene l'accettazione.

Un po' più comune nelle donne.

Più in basso, in una nota scritta da me, Lacan diceva che l'amore è sempre reciproco.

Gli aspetti magici mi rapivano fin da piccola, mia madre diceva di essere una strega, aveva riempito la casa di simboli e amuleti. Il mio prediletto era il talismano contro la morte, una scatola d'argento a forma di goccia decorata con pietre rosa e verdi che conteneva le pillole di Tavor, un pezzo di osso di daino e una polverina dorata. Finita l'analisi aveva sviluppato una strana devozione per le galline, le divinità impettite, per contrastare il luogo comune che le voleva solo stupide. Da ragazzina aveva dovuto ucciderne una, della sua analisi sembrava essere rimasto solo questo senso di colpa insanabile. Tra le ampolle antiche, i sassi a forma di nuvola, troneggiavano le galline in cartapesta con lo sguardo a vuoto.

Lucia mi spiegava che quello in cui credono tutti a noi non doveva interessare.

Fino ai miei venticinque anni mi ha chiamato noi.

Il suo colore preferito era il viola, era femminista, narcisa, sessantottina e cercava un po' di salvezza. Lucia era cresciuta di malavoglia e aveva conservato intatta la fede nell'onnipotenza di qualcuno. Negli anni era stato onnipotente suo padre, l'ex marito, mio padre, un prete, l'amante, Bertinotti, il femminismo, la pranoterapeuta, il comunismo. Quando la accompagnavo al parco ad abbracciare gli alberi, mi spiegava come i desideri dovessero sempre trovare la strada della realizzazione.

A qualunque costo? Molto più facilmente che a qualunque costo, mi rispondeva.

Devo a lei l'ottimismo salvifico che si è innestato nella mia lungimiranza razionale, non sarei sopravvissuta senza i suoi geni eterei. Mi guardava domandandosi perché aveva avuto una bambina tanto dedita ai pensieri, poi andava a ballare con un signore storpio che ritrovavo spesso per casa. Non capivo come potesse amare qualcuno a cui era caduto un occhio vicino al naso. Ricordo un pensiero impreciso, a quei tempi al posto delle parole c'erano le cose, la sua ritrosia si era trasformata in una patina di languore perenne. Quando nessuno ti può spiegare cosa accade e le parole sono ancora segni superficiali, tutto si deposita in una regione nascosta del corpo, il luogo dove viene custodita per sempre la tua versione dei fatti.

Da tempo non arrivava nessuno a salvarci, così le pretese si erano abbassate e mia madre sondava l'affidabilità soprattutto in termini di durata. Nella caduta degli ideali, sopravvissuti con fermezza fino agli anni '90, cercavo di dimenticare e i giorni filavano lisci in cerca di un appoggio e una base sicura.

Non ci lasceremo mai.

Lucia teneva il buono per sé e lasciava il resto agli altri, era stata una bambina deprivata. Io e mio padre la conoscevamo bene, nel prendere una decisione tenevamo in considerazione solo le sue predilezioni e non ci dispiacevamo troppo per questo. Ci premeva che fosse felice.

L'amore che pretendeva era totale, un passo falso e si sarebbe vendicata. Le lamentele con il tempo avevano preso la forma di punizioni sottili. A volte io e Franco andavamo nel bosco, rincasavamo tardi la sera e non trovavamo Lucia ad aspettarci. La cercavo dai nonni, mio padre telefonava agli amici ma non si trovava da nessuna parte. Era infatti scomparsa. La immaginavo nascosta dentro l'armadio o in soffitta, intenta a osservarci. Temevo che potesse morire a causa della nostra passione per il bosco. Sul fornello lasciava una torta di patate o le cotolette già fritte, anche se Lucia non cucinava che in quelle occasioni, quando le mancavamo, per trattenerci, o per farci capire che ci eravamo sbagliati sul suo conto. Quando rientrava non parlava per giorni, mio padre si esasperava e andava a dormire in albergo o in ufficio. Rimanevamo io e lei da sole, chiuse a uovo, ad architettare un piano per riportare Franco a casa.

Gli telefoni e gli dici che non puoi stare senza di lui. Meglio se piangi, se il papà non dovesse più tornare non ti dispereresti? Quando gli parli prova a immaginare che potrebbe non tornare più. Digli che la mamma sta facendo delle cose strane.

Mi affascinava la sua mancanza di scrupoli, tutto era possibile. Potevo cogliere nella morbosità di quella simbiosi solo poesia e compassione, la condizione umana.

Lucia ascoltava le risposte di mio padre attaccata alla cornetta, misurava i respiri e le pause, i discorsi freddi e quelli appassionati. Si amavano molto. Mi sgridava agitando le mani, sgranava gli occhi come a volermi dire *Io non ti sopporto più* perché non ero abbastanza convincente. Poi si chiudeva in camera con la benda sugli occhi, le fessure delle finestre sigillate con la gommapiuma perché non sopportava che entrasse nemmeno un filo di luce e non usciva di lì che a sera, quando tornava mio padre, attraversava le stanze di casa infuriata, elegantissima, pronta per uscire e rincasare la notte.

C'erano giorni in cui Lucia era felice. Quando accadeva trasmetteva onde teta di sicurezza e io sapevo, contemplando quella natura divina, che qualcosa della sua stravaganza si sarebbe riversato in me e mi avrebbe ogni volta salvato.

Il dottor Lisi aveva sentenziato che mia madre soffriva di una patologia difficile, la patologia terribile, ma io non ho mai potuto credergli. Quando era in pace, mi dispiaceva che l'avessimo accusata tanto ingiustamente. Lucia era una marziana e noi i benpensanti crudeli. Si difendeva così, dandoci dei bacchettoni. E non aveva torto.

Poi Franco si addormentava sul divano durante un film, mia madre si imbestialiva e tutto ricominciava. Finivo esiliata da nonna Ines che mi parlava male di lei, diceva sei una povera disgraziata, e mi pettinava facendomi le trecce strette, la riga dritta, trecce rigidissime coi fiocchi rossi a chiuderle. Ma a me, senza poterlo confessare, piacevano le code di lato che mi faceva Lucia, legate con un elastico pieno di sonagli indiani.

Una volta mio padre cadde da cavallo, eravamo soli nel bosco, raggiungemmo un bar, l'aiutai a chiamare l'ambulanza perché le sue mani tremavano, tamponai con la mia felpa la ferita sulla testa che era profonda. Qualcosa di luminoso ci attraversava, arrivava da mio padre, calmava il mio respiro e infine tornava a lui e lo proteggeva. In ambulanza pensavo a cosa ne sarebbe stato dei cavalli, sarebbero scappati, ci avrebbero cercato? Immaginavo di vederli arrivare al pronto soccorso. L'ambulanza odorava di disinfettante e muffa ma vicino a noi tutto era diventato azzurro, la statale rifletteva la nostra luce. Lucia ci aspettava in ospedale, fuori di sé, in sala d'attesa con mio padre sdraiato su una barella esponeva la teoria dei pericoli della vita: il dissenso, l'amore che finisce, stare lontani, alcuni cibi molto cancerogeni come le croste della polenta, gli sport, tutti i mezzi di trasporto.

Decisero di allontanarmi dal pronto soccorso perché non smettevo di piangere, al parcheggio mi aspettava nonno Antonio, camminavo veloce tra i padiglioni per raggiungerlo e somigliavo a una bambina paralizzata dalla paura degli ospedali. Ma a non sopportare i medici era Lucia, non io.

Quando ero al liceo fantasticavo che la professoressa di italiano mi adottasse, lei che portava i tailleur in pied de poule e leggeva Calvino in classe guardandoci di sbieco dal suo ombretto azzurro assoluto. Mi adottò invece Thomas Mann usando come medium l'insegnante di tedesco, di secondo lavoro astrologa. Il giorno in cui finimmo di leggere *La morte a Venezia* origliavo alla porta dello studio del preside, l'insegnante mi aveva invitato a uscire dalla classe per calmarmi, ma io non potevo smettere di piangere per la bellezza di Tadzio, per lo struggimento di Aschenbach così simile al mio, simile all'amore di tutti. Discutevano se fosse il caso di prendere provvedimenti, dicevano la madre è un po' picchiatella ma il padre ha una fabbrica di scarpe.

La letteratura tedesca è stata comunque in grado di fare tutto da sola e mi ha salvato. Fino a qui.

La tenda sintetica rosa pallido sul lato destro a coprire una finestra piano terra, un respiro dietro le spalle, le mani che sfogliavano i quaderni dei sogni, gli occhi chiusi o aperti, nessun cielo. Non facevo che questo, mi accanivo sull'inconscio, studiavo e pendevo dalle labbra del dottor Lisi. Qualche volta vedevo Bianca, un'amica, e la sera parlavo con mio padre di poesia, di traumi, gli domandavo se fosse attendibile questa faccenda dell'Edipo. Franco aveva soprannominato il dottor Lisi Mandrake. Di notte controllavo che respirasse nel sonno. Mio padre cucinava le zucchine ripiene e insieme guardavamo solo film comici, non concepiva che si potesse scegliere volontariamente qualcosa di tragico. Lui sorseggiava un bicchiere di Bonarda, io mi sdraiavo appoggiando la testa sulla sua pancia. Potevo sentire il suo respiro e il battito del cuore.

All'università mi interessava stupire i professori anche se mi capitava di rado di avere un guizzo di genio. Al primo esame rifiutai un diciannove e passai il pomeriggio sdraiata a letto a chiedermi come mai non si capisse che ero una persona straordinaria, fuori dal coro. Eppure al mondo, mi ripetevo, continuano a piacere le ragazze garbate, le poesie modeste. Il dottor Lisi mi invitava a fare i conti con la mia mediocrità, che è poi la mediocrità di tutti, sottolineava. A me interessava essere stupenda.

Scovavo simboli fallici ovunque, incesti, follia, apocalissi, ladri. Portavo gli anfibi anche d'estate, i bracciali con le borchie, e avevo paura di tutto.

La sera ogni tanto uscivo con mia madre per parlare degli errori che aveva commesso, ci amavamo molto. Una sera l'aspettai fino a mezzanotte, quando non la vidi arrivare pensai a un contrattempo. Rimasi ferma davanti al Brek Self Service per non perdere niente dell'attesa a vuoto. Seduta sulle gradinate di un palazzo le scrissi una lettera in cui fingevo di averla perdonata. Stare seduti a terra è pacificante, sembra non possa più cadere niente.

Ma ti piace soffrire? Come a tutti.

Studiavo troppo, credevo di trovare delle soluzioni in Piero della Francesca, in Platone, in Fachinelli. E infatti le trovavo. Una notte mio padre entrò in camera, raccolse i miei libri, li buttò dalla finestra e tornò a dormire. Li lasciai per strada tutta notte.

Ero bella, anche se di un incanto poco vezzoso. La peccaminosa estetica. Sprovvista dei canoni classici di bellezza esteriore e di compostezza interiore, apprezzavo a fatica la mia natura selvatica, caratteriale. Non andavo dal parrucchiere, lasciavo crescere i capelli come volevano, una dichiarazione superficiale di anarchia. Vestivo solo di nero, ero troppo magra. Quando i denti si cariavano aspettavo che si rompessero per poi farmeli togliere. Mi mettevo sempre nella condizione di essere salvata per vedere cosa sarebbe accaduto.

I miei occhi si allungavano in alto come gli spicchi dei mandarini, i quarti di luna, come i baccelli dei fagioli. Da mio padre ho ereditato la fessura in mezzo ai denti, ci soffio dentro l'aria. Sapevo che invecchiando il mio fascino selvatico sarebbe andato a finire in sciatteria, ma non potevo rinunciare ad attirare su di me l'attenzione dei donatori di cure celesti.

Lo studio del dottor Lisi dava su una strada non troppo trafficata, una via anonima che ospitava il negozio di un liutaio. Quando cercavo della poesia in quello che andavo facendo mi fermavo a guardare le vetrine, pensavo a Kieślowski, a Haydn.

Usavo le soste per gestire alla perfezione la mia puntualità. Non volevo arrivare in anticipo né in ritardo. Dovevo suonare il campanello alle 14.30 in punto.

In sala d'attesa stavo composta, non toccavo i giornali in modo che non mi si potesse giudicare per quello che leggevo. Nutrivo profonda riprovazione verso la moglie del dottor Lisi che posava sul tavolo riviste come Donna moderna e Marie Claire, tra le poltroncine liberty e i vasi turchi scelti senz'altro da lui. Rimanevo immobile sulla sedia perché non si pensasse che andassi a curiosare qua e là. Chi ti guarda?

L'idea che una telecamera sistemata in un angolo della stanza ci riprendesse si era consolidata in un delirio innocuo.

La credenza primi '900, i tappeti antichi e una microspia.

Dopo pochi minuti di attesa il dottor Lisi apriva la porta, mi faceva accomodare, corridoio buio, lettino. Una volta sdraiata, cercavo di muovere la testa il meno possibile, lo sguardo fisso sulla stampa della cattedrale di Ferrara.

Si creava sempre un'atmosfera particolare quando accusavamo mia madre, il dottor Lisi si mostrava scandalizzato per quello che gli raccontavo e i gradi di protezione salivano. Gli parlavo dei nostri litigi e lui a volte sorrideva, emetteva un suono che negli anni ho imparato a leggere come un soffio di conforto. Il suo sorriso lo scambiavo per amore.

Volevo che mi ripetesse ancora che Lucia era inaffidabile. La madre indegna. Intendevo screditarla per tutta la seduta, ricordare con lui le sue disattenzioni.

Davvero scompariva di notte?

È tutto vero.

Poco prima di alzarmi dal lettino mi emozionavo nel sentire tornare il pungolo dell'amore, dalla fessura sotto la porta entrava, spinto dagli spifferi, l'incantesimo dell'affetto che resiste a tutto.

Il dottor Lisi mi mostrava come avrebbe dovuto comportarsi un genitore per bene così da farmi sentire al sicuro. Capirà che questo è un gioco? Ma lui non giocava affatto.

Uscivo dal suo studio forte del parere di una persona che conta, le persone a modo, quelle che non hanno dovuto chinarsi a terra per capire se fosse l'asfalto a luccicare o se si trattasse di un'apparizione. Le persone con i capelli dal taglio impeccabile, a onde, nutrite con pasti regolari, gli abiti stesi sul balcone la sera a prendere aria, il sonno di otto ore.

Noi a volte non mangiavamo affatto a causa di alcune emergenze, durante l'orario dei pasti eravamo magari impegnati a cambiare il corso del dolore, a rassicurare qualcuno che lo avremmo amato per sempre. Da quanto non mangi? chiedeva mia nonna piangendo mentre mi friggeva una bistecca nel burro alle cinque del pomeriggio, alle undici di sera. Una bambina che non fanno nemmeno mangiare. Ma io non ricordo di aver mai avuto fame, di aver aspettato del cibo che non arrivava. Tutto era poesia.

Il dottor Lisi mi assicurò che un giorno avrei provato compassione per mia madre che non aveva colpe se non quella di aver sofferto. Invece io l'avrei amata senza mai perdonarla per il resto della vita perché così voleva il fato.

Mentre si discuteva di me, mi facevo delle raccomandazioni: non mangiare proteine animali, non confonderti le idee, non giudicare. Ho una piccola dote che per anni è passata per puntiglio ossessivo, sento le note stonare. Un'altra dote è cambiare discorso. Finsi di commuovermi per toglierci dall'impaccio. Ogni volta che si pronuncia la parola madre nello studio di uno psicoanalista dovrebbero levarsi musiche celestiali a ricordare che si arriva dal cielo nel ventre di chi ti avrà in sorte. Girai la testa verso la tenda, non mi piaceva che fosse di un tessuto sintetico, lucido. Si affrontavano argomenti che non mi appassionavano, pensavo alla vastità dell'universo, chissà in che modo ci si eleva parlando per anni di colpa.

"Mi sembra così scostante", lo accusavo di continuo. Il dottor Lisi mi mancava sempre, non capivo ancora che si trattava di una distanza incolmabile quella tra noi, dovuta alla diversità delle nostre nature.

Il cielo pieno di nuvole quando piove è una promessa di pace, sembra ci si possa perfino innamorare. Che poi uno digrigna i denti di notte e al mattino non ne sa niente.

Mi chiedevano perché fossi sempre arrabbiata.

In un saggio sulla Kabbalah avevo letto che se vogliamo annullare gli effetti negativi di un'azione sugli altri o su di noi, possiamo usare la combinazione delle lettere Vav Hey Vav, queste parole sono uno strumento per viaggiare nel tempo, usandole si compie un viaggio nel mondo sottile, a livello delle anime. Il tempo è l'intervallo tra una buona azione e i suoi frutti.

Avendo nient'altro che noi da offrire, qualche pregio, avendo l'amore o solo le piccole e grandi scintille, a volte, noi che parliamo sottovoce di quello che scorgiamo tra le pieghe del reale sappiamo che è solo questione di qualità dell'intenzione, se brilliamo, se accettiamo la presenza di forze che non è possibile manovrare.

Dovendo dare dignità di iniziazione a un accadimento in particolare, dovendo ricondurre tutto a un solo aspetto, entravo in una specie di confusione come se dividendo uno a uno tutti gli agenti di meraviglia si perdesse il senso, ma ancor di più la realtà, di questo stupore. Come succede con le parole dei bambini che escono all'improvviso e da un giorno all'altro sono tante e prima nessuna, c'è qualcosa che si prepara per lungo tempo e poi appare.

Le ricerche scientifiche si occupano della felicità con sospetto. Poi c'è quello che sfugge alle formule chimiche. Le neuroscienze, ad esempio, non sanno spiegare perché una musica ci commuove.

Quando uscivo dallo studio del dottor Lisi, stanca dell'aspetto inconsistente di quel parlare per metafore, andavo in un bar malfamato che frequentavo dai tempi del liceo. L'odore acido del locale mi metteva a disagio e mi dava sollievo, le patatine sul bancone erano sempre molli per l'umidità e io, a gambe unite, con la schiena dritta, bevevo campari e cercavo di scrivere almeno un verso che iniziasse con una negazione. Una protesta.

C'è stato un tempo, mi dicevano i sogni, in cui per arginare il male del mondo sei dovuta diventare una sabotatrice.

Due signori ubriachi giocavano a carte, la barista aveva i capelli stopposi, l'artrite alle mani, due amanti parlavano fitto, guardavano verso il bancone, riprendevano i loro discorsi, controllavano con un'occhiata veloce chi passava per strada. Un uomo anziano con la carnagione scura e i capelli raccolti in una coda intratteneva la barista con vecchi aneddoti sul comunismo, esponeva senza pudore la sua solitudine e parlava dell'unica donna che aveva amato, una norvegese con i capelli rossi e le lentiggini, un'ecologista estrema che aveva trovato posto nella raccolta differenziata anche per i capelli che rimanevano sulla spazzola. Speravo che tornasse da lui. Mi sentivo felice e non avevo nessun motivo per esserlo. Qualcosa che partiva dal corpo e si allontanava dalla vita reale, un posto di sublime, insensata felicità.

Nel caos cosmico dei frammenti e dell'infinito, i frammenti minuscoli, dove c'era l'Es si aggiravano presenze divine, si mangiavano torte a tutte le ore, si interrogava il cielo e il cielo non rispondeva.

Mi sono data una cura all'esterno: innamorarmi di tutti credendo di essere irresistibile e di venire ricambiata.

Ho avuto un fidanzato che quando pioveva non usciva. Preparava il caffè nella moka la sera, sempre alla stessa ora, e disponeva la tazzina su un tovagliolo di carta, il cucchiaino sistemato a lato. Adorava lo scottex. Faceva la doccia tutti i giorni alle 19 e entro le 23.30 si addormentava. Tu dovevi muoverti tra questi orari, con cautela.

Poi ho avuto un fidanzato che mangiava le sarde fritte fredde stando in piedi davanti al frigo, non capiva gli appuntamenti e capitava sovente che non arrivasse o che arrivasse all'ora sbagliata. Era uno scultore e a volte si addormentava in laboratorio stremato dalla creazione, io gli telefonavo perché dovevamo andare a Firenze ma lui non rispondeva. Pronunciava frasi come a cosa serve dare un nome alle relazioni?

Ho avuto un fidanzato pittore, si era presentato come un istintivo metafisico, un uomo selvatico ma, a relazione avviata, ho scoperto che il sabato preparava il ragù e lo spezzatino per tutta la settimana e li impilava nel congelatore. Girava per casa con il raccatta briciole per catturare i pelucchi. Non sfondava, pur essendo molto bravo, perché rifiutava tutte le occasioni in cui doveva spostarsi lontano da casa per periodi troppo lunghi. Mio padre quando lui suonava il campanello diceva è arrivato Mondrian. Con più di una punta di disprezzo.

Poi ho avuto un fidanzato che credeva di essere uno sciamano. Ascoltava il suono registrato delle percussioni e faceva delle incursioni nel mondo astrale. Il rito durava in tutto mezz'ora, quando la registrazione finiva, credeva di aver avuto accesso ai mondi sommersi. Ne usciva alquanto affaticato. Diceva tutto è amore ma aveva molta paura di innamorarsi. Per questo scompariva di frequente.

La nuova tendenza la vorrei nominare l'era degli amori immaginari. Accade con una frequenza non così alta, ma sufficientemente costante da poter essere presa in considerazione statisticamente, che qualcuno si innamori perdutamente dedicandomi quel tipo di corteggiamento fatto di parole che un po' scandalizzano tanto sono altisonanti, definitive, e che ti tuonano in pancia e fanno venire le orecchie bollenti. Gli innamorati perdutamente ti pensano dalla mattina alla sera e credono di vederti ovunque, desiderano vederti sempre, ti chiedono se li hai pensati e fanno l'elenco degli aspetti favolosi che hanno determinato la follia d'invaghimento. Hanno gli occhi pieni di una sostanza liquida fatta di amore eccezionale e di stelle, l'amore mai provato prima. Io che sono molto diffidente non credo che a qualcuna di queste parole e provo a rintracciare in me, per liberarli, i punti in cui l'idealizzazione si è potuta aggrappare con tanta intenzione. Ma poi di loro non se ne sa più niente, essi sfumano con educazione o svaniscono all'improvviso. L'eco che accompagna il loro svanire dice cose come abitavamo un sogno ma anche la vita senza di te, poi credi di sentire una parola piccolissima che forse dice cuore, dice mai.

Mi invaghii di Giuseppe per spirito di contraddizione, ex tossicodipendente, infedele, dall'anima immotivata. Ho un tipo di devozione al carattere, mi piace l'origine e che sia irriducibile.

O invece c'entrano i soffi divini, poter salvare qualcuno, allentare la solitudine, il desiderio che smuove, si innalza e resiste. I limiti mi fanno sentire al sicuro, isolano dalla confusione.

Giuseppe amava DeLillo, io Colette. Ci vedevamo quando ne aveva voglia, ci baciavamo senza trasporto, mi pare, dato che lui teneva la bocca quasi chiusa. In pizzeria mi parlava delle donne che aveva amato e di come si sentisse soffocare in una città tanto provinciale.

Io, che da sola non riuscivo a prendere un treno per Vicenza, trovavo la sua malinconia onnipotente.

Uscire con qualcuno era un buon proposito, il segno che di lì a poco sarei potuta andare al mare. Una pizza sul fiume con un narcisista può diventare un presagio di vita. Per evitare che mi trattasse in modo frettoloso, passavo intere giornate a calcolare l'ora perfetta per telefonargli. Dopo giorni di considerazioni alla ricerca di una tattica di opposizione alla sua scortesia avevo trovato l'orario giusto, mi addormentavo ripetendo a mente la mia dichiarazione, ammettere l'amore e negarlo. Durante l'attesa era scomparso del tutto l'afflato, scivolato nell'ossessione e poi finito.

Secondo il dottor Lisi un tossicodipendente, anche se disintossicato e in terapia, resterà per sempre una persona intrappolata alla fase orale. Sistemai con garbo quello che il mio analista pensava di Giuseppe in un angolo dello stomaco sperando che avesse ragione su tutto, anche su di me, e lo lasciai.

Leggevo libri di mistici severi, di psicoanalisti eretici e mi appassionavo a Cortàzar. Camminavo nei boschi la sera, senza paura, a dire che l'inconscio sa tutto ed è materia dell'universo, a dire che la diversità dei luoghi è diversità di intenti è passione sconfinata oppure margine insopportabile. La bellezza. Stavo in agguato nel buio per sentire il profumo della vegetazione. Camminavo senza sosta, il tronco del corpo rigido come quello degli alberi custodiva organi interni, alcune verità e l'indicibile. Procedevamo insieme, gli alberi immobili, io imparziale e veloce. Tornavo a casa stanca dalle sere trascorse nei boschi, staccarsi dalla terra e trovarsi in cucina, la teiera sul piano di marmo, mio padre che dormiva con la televisione accesa, la solita telefonata a mia madre.

Come erano belle le notti in cui la mia famiglia si sgretolava, quando cercavamo un rifugio. Ricomparivano il cielo, i germogli di iperico, le stoffe indiane, la collezione di vetri antichi, e tra polmoni e collo un dolore fitto. È primavera da sempre in questo ricordo. Ognuno di noi aspettava l'avverarsi di una tragedia per recitare le sue preghiere, i buoni propositi che non ci lasciavano dormire. Nell'inaudito vedevo splendere la verità senza accuse, estranea alle colpe. I piccoli terremoti, gli eventi atmosferici estremi, i litigi di Lucia e Franco, la febbre alta, i miei pianti inconsolabili, erano rivelazioni potenti. Il dottor Lisi la chiamava *Famiglia nevrotica*. Io *Guerra karmica*.

Il dottor Lisi prediligeva stabilire una certa linearità nell'intricata architettura delle strutture psichiche. Non aveva un'impostazione filosofica, sofisticata, sfrondava ogni tipo di lirismo, la sua più grande abilità consisteva nel rivelare l'inconscio. Una volta svelati, i contenuti rimanevano sospesi, liberi e minacciosi, non era solito ricondurli da qualche parte o metterli al sicuro. Il risultato, dal punto di vista del paziente, era che si vagava come bestie, malviventi e assassini, ingordi, come egoisti meravigliosi.

Desiderava fare di me una psicoanalista, io e il mio potenziale intuitivo inaudito, come lui lo chiamava. Di inaudito ho conosciuto certe giornate al centro commerciale e i testi di Lacan. Mi insospettiva che si dovessero usare tanti ragionamenti per una cura, come se la mente fosse uno strumento affidabile. Di nascosto annotavo invece le coincidenze, avvertivo una presenza imprecisa ma costante di un elemento buono che guidava le difese, gli agiti, la forza smisurata di certe pulsioni. Non mi appassionavano l'indagine delle cause, le interpretazioni di cui poteva essere vero il contrario, la ricerca dei colpevoli. A me bastavano pochi elementi, essenziali, non complicati, piccole felicità inequivocabili. Qui c'è un tavolo, sopra c'è un gatto e fuori piove, il gatto annusa la mia mano, non bisognerebbe dimenticare che prima di ogni cosa siamo stati accarezzati, la lampada diffonde una luce gialla, si può accendere il camino. Era molto importante stare al caldo in quei giorni. Mi era chiaro che tutto quello che avevo da dire, tutto quello che mi interessava, apparteneva al mondo sottile.

Avevo dipinto d'oro alcune pietre nel bosco, un omaggio alla roccia sospesa sulla cima del monte Kyaiktiyo, in Birmania, un enorme sasso di granito dorato che si regge in un equilibrio impossibile, tenuto fermo, secondo i buddisti, da una ciocca di capelli di Siddharta Gautama, il Buddha.

Accanto al dottor Lisi, nella mia giovane vita, comparve un medico lungimirante con le sembianze di un datore di lavoro. Avevo trovato impiego a Milano in un gruppo di musicoterapia coordinato da uno psichiatra visionario. Non ho capito perché mi avesse assunto, al colloquio mi tremava la voce e nel mezzo di un discorso sui miei studi sono scoppiata a ridere senza motivo mentre lui è rimasto serio. Più tardi scoprii che capitava anche a lui di scambiare il pianto con il riso. Aveva riconosciuto quel modo di sorridere mentre si prova un dolore o un fastidio.

Il dottor Orlando era un analista lacaniano, aveva capito però che quando un paziente sogna un angelo significa che la sua analisi è finita. Era anche taoista. Chi ha fede nell'invisibile non è uno sprovveduto, un cialtrone, un idealista, uno che ha solo paura di morire. Consigliava l'urinoterapia per curare l'otite pur prescrivendo dosi alte di En ai pazienti ansiosi. Era il tempo degli intellettuali celesti.

In teatro mi misero vicino a Emanuele, cantavamo mentre lui in silenzio si passava da una mano all'altra qualcosa che non aveva. Era molto bello, un profilo angelico, capelli lunghi e biondi, occhi azzurri, naso appuntito, profumava di Bosforo, anti tarme e tabacco. Non ti innamorerai dei pazienti, mi rimproveravo.

Dopo qualche mese il dottor Orlando mi chiese un maggiore impegno, mi sarei dovuta fermare a Milano tutta la settimana. Lo comunicai al dottor Lisi, in risposta un silenzio inopportuno, il fumo sospeso sul lettino e una strana predizione, un rumore simile a qualcosa che si stacca dal corpo e cade a terra. Mi incalzava perché decidessi subito se consideravo più importante il lavoro o l'analisi, ma nelle mie scale graduate il primo posto rimaneva sempre vuoto.

Quando te ne andrai ricordati che io, finché ho potuto, ti ho trattenuto. Dai suoi contenuti inconsci e impenetrabili arrivava la vera cura. Tutto ciò di cui abbiamo bisogno infatti ci raggiunge.

Adesso abbiamo la conferma che il suo analista è un coglione, disse il dottor Orlando il giorno in cui mi licenziai. La parola coglione mi tolse dallo stomaco la raccolta di sassi e pietre che contavo durante le sedute da quando avevo iniziato l'analisi.

Mi lusingava che il dottor Lisi intravedesse in me il talento di una brava psicoanalista, ma non potevo credere a niente di quello che studiavo. Per non rinunciare a lui cancellai i pensieri ostili, rassicurata all'idea che esistesse un sistema immutabile che possedeva una pertinacia di molto simile alla costanza d'amore. In ogni sogno c'è un bambino che desidera un'infanzia felice. Tutti i desideri sono desideri di essere stati amati da piccoli. Se ricordiamo qualcosa di importante, questo ha sempre a che fare con la natura e con l'amore. Ma a volte viviamo come se nessuno avesse mai visto un temporale o una tempesta di neve.

Iniziai a lavorare part time in una libreria, il mio analista sembrava soddisfatto, diceva che chi si dedica allo studio della psicoanalisi può al massimo essere impegnato in un lavoretto. La psicoanalisi andava presa come una missione.

Il dottor Orlando sosteneva che il mio analista non volesse ammettere di aver sbagliato tutto. A me sembrava che sbagliare tutto fosse un buon modo di amarsi.

Mi chiedevo come mai tenesse tanto a me. Avrei voluto interromperlo per domandargli se mi trovava bella.

Mi avevano regalato un telescopio che non sapevo usare, di notte lo puntavo su Sirio ma risultava più piccola che se l'avessi guardata a occhio nudo. E questo valeva per tutto.

Ho pensato che fosse il momento di andare in alto quando ho visto che non sapevo dove appoggiarmi. Dopo aver cercato contenimento ovunque, ho ceduto alla mia evanescenza. L'assenza di base negli anni si è trasformata in una spinta verso la volta celeste.

Mi addormentavo bene anche senza conforto ma dimenticavo che c'era un freddo inutile. Intendi essere autonoma o cinica, mi domandavo di notte, abbracciata a una sciarpa di lana.

Con Bianca ogni tanto andavamo ad ascoltare concerti di musica elettronica e psichedelica, seduta sotto il palco nascondevo come potevo il mio rapimento, non volevo si vedesse che mi emozionavo. Agganciavo la musica solo a concerto iniziato, così come sono solita fare coi film, coi libri, con certe conversazioni, in testa mi distrae il rimuginio delle raccomandazioni e delle strategie per una vita migliore. I suoni sembravano arrivare dalla calotta polare di Plutone al centro della mente dove si ingigantivano fino a scomparire, la musica tornava da lontano e poi qualcosa la assorbiva, c'erano lunghe pause dove credevo che il pezzo fosse finito. Dopo un numero fisso di ripetizioni invece si aggiungeva un suono nuovo, in sottofondo la rifrazione dei precedenti, una macchina che emetteva note e si versava negli atomi, si faceva prolungamento della coscienza. Nulla sembrava avere inizio né fine. La lallazione del buchla e poi, più in alto, il reame del dadaismo. Percepivo la connessione tra latente e manifesto e poi raggi, onde, i suoni sempre più simili alla geometria, sulla parete immagini di quadrati che si schiacciavano e diventavano cerchi, diventavano case, archi, attorno al palco volavano degli altoparlanti agganciati ai palloncini a elio, le onde sonore venivano catturate da un sensore sottomarino.

Tutto sembrava essere al mio posto.

Una sera conobbi un amico di Bianca, un musicista, chiudeva gli occhi, ballava, li riapriva e mi guardava. Un uomo abbastanza brutto ma capace di suonare il buchla. A fine concerto si sedette al nostro tavolo, gli feci i complimenti, pronunciavo parole come vibrare, ipnotico.

C'è in lei, Maria, una parte superficiale, mi diceva a volte il dottor Lisi, e io rimanevo in silenzio per tutta la seduta come i favolosi emotivi, i sentimentali rossi.

Ci frequentammo per qualche mese, prendevo con ansia ogni sera trascorsa insieme, facevo in modo di vederlo il meno possibile per non lasciare trasparire quella stranezza di cui non doveva accorgersi nessuno. Cercava di affascinarmi parlandomi di musicisti che non conoscevo, una seduzione rapida in tempi di carenza d'amore, il fatto di piacere a qualcuno mi sembrava abbastanza. Cosa fai quando nessuno crede alla magia, al calore che esce dalle tue mani e sembra fuoco? Mi metto in disparte, racconto di essere nata su un albero o mi ritiro nei sogni.

Durante i nostri appuntamenti rimanevo ovattata nei miei pensieri, i movimenti tesi, gli interventi appropriati, nessuna presa di posizione. Nel tentativo di essere neutra, azzeravo ogni ispirazione personale consacrandomi alla banalità delle chiacchiere intellettuali, lui mi parlava di drone music, andava fiero del suo umorismo che io trovavo fastidioso ed erotico. Quando si vedeva chiaramente il cielo e mi era negata la fede, un orgasmo, la musica elettronica che si espande in geometrie pulite, frequentare i disadattati, l'insonnia poetica, mi aiutavano a non soffrire e nella divinazione.

Secondo il dottor Lisi dovevamo capire se stavo con lui perché mi piaceva o per paura di rimanere sola. Lo chiamava il musicista o il giovanotto, non riusciva a ricordare il suo nome. Lo lasciai perché frequentarlo mi costava troppa fatica, ore di preparativi, di ansiolitici, di sedute, di phon. Piansi per qualche giorno per via dell'abbandono nonostante il disamore e poi mi dimenticai di lui. Non importa se a volte le infatuazioni tiepide, gli amici inconsistenti, certe passeggiate romantiche con i tramonti rosa, la musica jazz, non appassionano abbastanza, non c'è mai qualcosa di inutile.

Il dottor Lisi mi mostrava progressi che non avevo compiuto. Si riconosceva in tutte le persone di cui gli parlavo, quando gli raccontai di un litigio con l'assicuratore, constatò che anche dietro a quel signore si nascondeva lui.

"Allora, se sto migliorando, andrà tutto bene."

Va bene, va male, non andare di là, non mi serviva altro.

Il cielo in assenza di verità era opaco, andare con i piedi di piombo, squarci di azzurro a ricordare come si stava quando si esitava, del tutto in sé, prima che ci affidassero alla ragione. Prima dell'inaridimento delle difese.

In libreria ho conosciuto Lorenzo, un uomo assurdo, scostante, poetico. Mi sono invaghita di lui anche se non ci rivolgevamo ancora la parola, un'infatuazione da adolescenti o una pressione metafisica, un'anticipazione del futuro. L'invisibile possedeva di nuovo più chiarezza della materia, ogni persona era tutte le persone e tutte le cose si somigliavano e così all'infinito fino alla stella Alpha Lupi e più in là fino alla Corona Boreale e infine, di nuovo, verso di noi.

Il dottor Orlando mi diceva che non c'è cura possibile per quello che siamo.

Si dovrebbe poter sopportare che tutto è incomprensibile.

Ho scritto a Lorenzo una lettera lunga tre fogli, ho provato a tagliare delle parti ma avevo paura non si capisse più che lo amavo. Mi imbarazzava avere tanto da dire, non averglielo detto prima, così non gliel'ho mai consegnata.

Ho sempre desiderato essere una di poche parole. In alternativa una che sa gestire la stizza. Invece non riesco a esporre le mie occhiaie viola, a essere una flâneuse, a rassegnarmi alla mia evanescenza, e lo vorrei immensamente. Il destino spaventa tutti.

Bianca ha detto che prima dei saluti avrei dovuto scrivere *ti amo*. Invece ho confezionato un amuleto con un pezzo di ramo e l'ho messo nella busta; col tempo il legno l'ha rotta in più parti. Dentro la busta che tenevo in borsa ora c'erano tabacco, lanugine, pezzi di liquirizia e le parole d'amore inconsistente. L'amore muto.

Lavoravamo insieme da qualche mese, io al reparto narrativa, lui a quello musica-film. I reparti delle librerie molto grandi hanno sbarramenti dove la timidezza rimane impigliata per anni. Si percepiva bene la ritrosia di tutti i commessi che mi avevano preceduto. Qualcuno si era sposato. C'era traccia anche dell'impaccio degli scrittori che venivano a presentare i loro libri. Pulivamo col Vetril gli scaffali, le tracce restavano sul panno, le scuotevamo alla finestra e tornavano a girare nell'aria, si posavano sul cappello a falda larga della signora che passava tutti i giorni di lì alle dieci. Trasportava la polvere delle cose che non erano pronte.

Mi avevano chiesto di introdurre la presentazione del romanzo di uno scrittore che amavo molto, il suo profumo di incenso, resina e cuoio mi aveva tolto ogni parola. Durante il rinfresco mi parlava di fiorellini e di Io ma non mi vedeva.

Nelle riunioni ci sedevamo vicini perché desideravo stargli accanto, tra testa e polmoni si faceva strada, implacabile, la predestinazione. Assecondavamo dei presagi.

Dopo qualche mese dall'assunzione, il personale si è ridotto e gli sbarramenti si sono allentati. Infatti una mattina il profumo dei tigli ha invaso la città, ho creduto che sarebbe accaduto qualcosa di inusuale, una malìa che mi avrebbe messo in una situazione difficile. Siamo nell'era dell'amore immaginario, per gli estimatori dell'inattuale si tratta di uno dei sentimenti più alti, l'amore a vuoto, privo di aspettative. Mentre io, segretamente, aspettavo.

Un giorno per isolarmi ho sistemato tutto il reparto cucina, sfogliando le ricette carniche ho deciso di dedicarmi alla cucina regionale per via delle tradizioni perdute. Perderle mi seccava. Prima di conoscere Lorenzo non potevo fare a meno di niente. La sera, seduta a tavola davanti a un piatto di frico, conversavo con lui che forse era al mare, forse dormiva, gli dicevo mi sembra troppo salato.

Da quando lo penso, mi capita ancora di essere malinconica ma le ragioni hanno smesso di dire la loro. Rimangono i movimenti purissimi.

Non ho mai capito se si trattava d'amore o di una posizione celeste.

Mi ha parlato la prima volta il 9 gennaio, mi ha detto le sistemi tu le novità? Poi ha finto di spararmi con il dito, facendo l'occhiolino. Ho annuito e mi sono chiusa in bagno per sorridere in pace. Il cuore batteva sul collo e sulle tempie, cercavo di ricordare quale vena facesse tanto rumore vicino all'orecchio.

Banalmente avrei potuto prenderlo per amore e infatti, certo, c'entra l'amore, ma era anche qualcosa come un viaggio a Betelgeuse con lo stordimento per aver attraversato lo spazio, era come immergersi in un fiume senza motivo, i vestiti galleggiavano mentre noi guardavamo il cielo e il cielo rispondeva. Era quando, lui a Macerata e io a Lisbona, avvertivo che era annoiato o che mi stava pensando. Avvertivo quando mi resisteva e prendevo a resistere anch'io, non sapendo di cosa non si stesse parlando, cosa stesse accadendo, non accadendo.

Passava' tra gli scaffali e sussurrava *je t'aime*, io mi giravo per rispondergli ma quando mi parlava le spalle diventavano pesanti e riuscivo a muoverle solo dopo qualche minuto. Lo perdevo di vista, gli rispondevo a mente o sillabando le parole senza voce.

Facevamo la pausa caffè insieme, diceva che somigliavo a una donna persiana. Calava un silenzio che non sapevo riempire. A mente mi appuntavo: persiana. Parlavamo di microcosmo, di metafisica, di poesia con grande passione, Lorenzo crede che esistano gli alieni ma non vuole occuparsene. Ha questa certezza di cui non se ne fa niente. Negli anni è stato molto arrabbiato, poi è guarito abituandosi all'idea che tutto è uno. Uno in che modo, gli chiedevo.

L'intenzione era quando i gesti, le parole, il corpo sono esclusi, sviluppare la precisione della connessione sottile. Trovare il punto esatto in cui tutto accade nell'assenza di propositi, ad azioni sospese.

Cosa capita se metti un ostacolo? Qualcosa diventa insormontabile o raggiungibile.

Da piccola tiravo la faccia di mia madre quando tornava a casa per accertarmi che non fosse un estraneo che indossava una maschera. C'era lei e poi c'era questo sconosciuto che mi spaventava; non mi fidavo di nessuno e mi fidavo di chiunque. Il desiderio di cambiare famiglia era comparso molto presto, attorno ai cinque anni, la ricerca di un posto dove si avesse a cuore la banalità, nessun interesse intellettuale che ci distraesse, i tortellini in brodo a cena, nessuna lotta politica, nessuna passione tra madre e padre ma una noiosa quiete di coppia, i quaderni di scuola sul tavolo della cucina, il profumo delle matite appena temperate, la gomma che strappa le pagine, non saperne nulla di Togliatti, di Madame Bovary, prendere il miele la sera prima di andare a letto quando hai mal di gola.

Noi ci vestivamo da farfalle, da cow boy surreali, da angeli in camicia da notte con le ali di cartone, cosa importa chi siamo, diceva Lucia. Cercavamo per casa le pietre della sua collana cadute a terra durante alcune prove di volo o quando ci muovevamo a piccoli passi dirette da un amico di mia madre, un regista di cartoni animati fallito. Accadeva sempre qualcosa di meraviglioso quando stavo con lei, esperienze lunari, tanto da farmi pensare ogni volta ecco chi siamo, siamo la banda delle farfalle e dei cow boy con il cuore al posto dei capelli, il cuore al posto di tutto, noi cerchiamo le pietre, sconfiggiamo le ore delle prediche, dell'accidia, delle code al supermercato. Ma il nostro mondo si apriva a tempo, tra un incantesimo e l'altro si formava un vuoto temporale che mi costringeva a entrare e uscire da due dimensioni e a impersonarne la contrapposizione. Lucia profumava di fiori e caffellatte. Portavo all'asilo il suo maglione e lo annusavo per otto ore, a ogni respiro dentro la sua pelle Lucia si ricomponeva intera e appariva in mensa, nel dormitorio, mi diceva non prendere sul serio niente, guarda questa statuina di pongo, somiglia a una lucciola. Falla volare.

Sospettare di mia madre mi faceva sentire infelice. E al riparo. Complici un condominio di bigotti, una maestra moralista e una nonna che aveva in odio la figlia. A ogni scintilla di rancore di Ines per Lucia, invecchiavo di dieci anni.

Se avessimo abitato in una comune anarchica, nel bosco degli elfi, in un posto qualsiasi e lontano, non avrei dovuto soffrire per le lotte tra conservatori e rivoluzionari.

Mi piaceva ripetere al dottor Lisi la storia dell'ostilità tra i miei genitori e i vicini di casa, il prete, gli insegnanti. Lo facevo per preservare la loro sacralità. Nei miei ricordi si era formata una particolare immagine della mia famiglia, qualcosa che somigliava a Hugo Ball quando indossando un cappello a cono leggeva poesie al Cabaret Voltaire. Anche i prati in primavera ci somigliano, le castagne sul fuoco, gli scialli di lana. A causa di alcuni ideali come il femminismo, il comunismo, e di alcuni riti, ad esempio in occasione del solstizio d'inverno, quando la nostra casa era illuminata solo dalla luce delle candele, venivamo scambiati per eccentrici, i sabotatori della famiglia tradizionale. C'erano sguardi carichi di disappunto in ascensore, parole dette sottovoce appena ci allontanavamo, le note sul mio diario destinate a Lucia. Maria oggi è venuta a scuola senza quaderno, Maria racconta di vivere da sola in una casa sull'albero. Era così importante assolverli, le difese servono a preservare l'amore. Ma il dottor Lisi si mostrava sempre poco indulgente nei loro confronti e ripeteva anche lui una storia, raccontava di quel giorno che ero arrivata nel suo studio esausta.

Se non avessero colpito il vostro punto debole, ve ne sareste fregati delle maldicenze dei vicini, mi disse una volta.

Quel giorno nascosi in un posto sicuro l'amore per le persone che sbagliano di continuo. In silenzio contavo i soprammobili sulla libreria, li segnavo sulle dita, arrivavo a dieci, chiudevo le mani e ricominciavo. Sembrava che mi stesse rimproverando, lo sentivo spazientito; i vecchi schedari erano stipati di parole non dette, le tende in nylon cadevano dritte toccando il pavimento. Maestoso è l'abbandono.

"Nell'ultima seduta mi sono spaventata, ho creduto di vederla alzarsi, intravedevo un'ombra che si muoveva. Capita di sentirmi indifesa qui, ho paura che lei faccia un gesto inaudito, che se ne vada o che mi sgridi, che si metta a urlare. Si immagina? La sua pacatezza, i silenzi, le pause lunghe tra le parole, una boccata di Marlboro e all'improvviso impazzisce, si alza e si mette a ballare. A volte fantastico che entri un suo paziente con la pistola, immagino che lei mi faccia uscire in fretta e che non si curi di me e si preoccupi solo di lui. Quel paziente sono io."

"Dovrebbe imparare a modulare il distacco e trovare una misura ottimale con il resto del mondo. Sembra avere paura di ogni cosa e poi corre incontro a chiunque senza usare nessun filtro."

La fantasia del paziente con la pistola mi spaventava. La sera mi addormentai guardando *Un giorno in pretura*, lì dove Cosima Misseri, che mi faceva una paura terribile, diceva al giudice che era impossibile che l'avessero vista correre perché lei è grassa e non corre mai. E poi non sentii più niente, il mondo aveva smesso di parlare. Non si dovrebbero trasmettere i processi in televisione perché ai colpevoli si vede tutto l'inconscio. Abbracciata al cuscino promettevo di lavorare con tutte le forze sulla mia rabbia.

Lei è solo? gli avevo chiesto una volta, ma lui non aveva risposto. Lei è pazzo? È felice?

Se trasportassimo il dottor Lisi in una dimensione dove la psicoanalisi non è ancora nata, lo si potrebbe incontrare senz'altro a capo di una setta, seduto sotto un cerchio dorato, enorme, intento a mostrare i suoi esperimenti:

trasformare il piombo in pioggia

spostare la natura di Caterina in Paolo.

L'inconscio è così potente, senza nomi, capace di riprodursi all'infinito, come nei sortilegi.

Non sente mai bisogno del vuoto? gli avevo domandato un giorno in cui non potevo rassegnarmi alla nostra distanza. Ma il vuoto non lo interessava.

La mia fede nasce invece da uno spavento.

Il cielo quel giorno era gonfio di pioggia, pedalavo piano sotto il temporale, come quando non si aveva paura di niente. Dalla mia testa usciva del fumo blu, saliva al cielo, si confondeva con la notte, con i fatti di un certo calibro, con l'incoscienza, raggiungeva le forze delicate delle scie luminose, le avvolgeva, le lasciava cadere tra Betelgeuse e l'Orsa minore.

L'universo a mio parere è fatto di stelle e di tempo dimenticato e di scintille. È fatto di stelle e di orsi piccoli e di concerti in do minore. L'universo a mio parere è fatto di stelle, di pezzettini e di compassione. L'universo, mi pare, è fatto di disattenzione, di galassie e di noncuranza.

Non capivo se si potesse essere in disaccordo con un salvatore e tenerlo lo stesso.

Ho telefonato a Lorenzo, quando ha risposto ho riattaccato. A mente dicevo ciao Lorenzo, come stai. Avevo sviluppato la telepatia. Provocandoci lo stato d'assenza, Lorenzo mi ha iniziato alle dimensioni sottili.

Diceva *all is bright* e camminava strascicando le scarpe per i corridoi della libreria; si grattava la pancia sotto la maglietta, sembrava non avere paura di niente, o ero io a non avere paura, non so. Si trattava senz'altro di un rivelatore dell'indecifrabile. A volte si incontra una persona che i materialisti severi considerano un incidente di percorso. Cosa ti dà? Quante volte ti chiama? Come ti fa sentire?

Nella posizione della rarefazione, posizione a cui noi appassionati di rarità aderiamo, le persone intraducibili godono di grande considerazione.

Lo ascoltavo estasiata parlare della predisposizione delle foglie di larice, unica aghifoglia a non essere sempreverde, a cadere in un giorno preciso dell'autunno, quando mi aveva rivelato i suoi studi condotti per anni osservando l'albero del suo giardino. Una ricerca che non corrispondeva a niente, nessuna teoria scientifica la confermava.

Ci sono gli amori che hanno a che fare con i percorsi, quelli che hanno a che fare con la solitudine e poi ci sono quelli che non servono a niente, gli amori altissimi.

Stava chino sulla riva del fiume con un oscilloscopio, credeva che inviando all'acqua diversi tipi di vibrazione sarebbe stato possibile cogliere una vibrazione diversa, a seconda del suono, nella forma del cristallo. Usciva di casa con un oscilloscopio e rimaneva al fiume fino a sera. Non ho mai capito cristallo in che senso. Immaginavo che il suo amore avesse a che fare con i diversi tipi di impulso.

Da una parte il post modernismo, dall'altra io che vaneggiavo.

Gli amici mi intimavano di dargli un appuntamento preciso, dovevo smetterla con la poesia. Scrivevo *ci vediamo domani alle 21.30* e poi cancellavo il messaggio. Oppure lo inviavo a me o a un numero che inventavo.

Lorenzo mi scriveva raramente, a volte mi mandava una serie di emoticon che io ingrandivo e interpretavo per ore. Una scarpa, una rana, un biberon, gli applausi, un cuore. Oppure una cacca, un fumetto, una linguaccia.

Bianca mi esortava a non mettere nessun punto di domanda, a usare un tono assertivo.

Si deve dare una mossa.

Vedetevi.

Scopate.

Non sarà un idiota?

Tornavo a casa molto risentita, durante il tragitto in macchina mi rammaricavo che nessuno credesse più all'ineffabile. Ma in me si depositava Lorenzo con le sembianze di un coglione. Impotente sessuofobico. Un narcisista codardo. Il giorno dopo al lavoro giravo per i corridoi altezzosa, facevo delle battute ciniche ma lui portava al polso un filo di ferro a cui erano appesi una piccola pietra blu, una sfera di vetro, un pezzo di stoffa rossa. Mi diceva non credo a queste sciocchezze, è solo allarmismo, e chiudeva il giornale, accettando imperturbabile di occupare una posizione lunare. Possedeva la sicurezza di un guerriero.

Ogni tanto ci scrivevamo un messaggio per non scivolare nel delirio, per rendere concreto quello che ci stavamo dicendo quando lui a Parigi, io al matrimonio di mia cugina, parlavamo e a lui risuonavano le mie parole da qualche parte, forse in testa, nella milza.

La sintonizzazione sottile è nata prima del desiderio di baciarlo. All'inizio gli resistevo perché non capivo. Una volta l'ho visto buttare dei foglietti nel cestino, sono andata a prenderli, sopra erano disegnate delle forme geometriche e dei puntini, qualcosa che somigliava a una costellazione e non lo era. Sono io, ho pensato, eppure non ci eravamo ancora raccontati niente.

Quando ci trovavamo nella stessa stanza ogni cosa cominciava a parlare.

Ma le credenziali del dottor Lisi dov'erano? Credenziali per le diagnosi, credenziali per i silenzi lunghi, credenziali per miglior professionista.

Litigavamo sempre, io lo aggredivo, lui interpretava la mia rabbia, le sue spiegazioni mi riempivano di frustrazione, gli davo del fallito, il dottor Lisi interpretava le mie resistenze e io finalmente tacevo. A volte uscivo dallo studio senza salutare. Ho sempre desiderato essere una persona che reagisce alle avversità con sufficienza.

Quando la luna compare nella volta celeste le dispute sembrano meno temibili. Mi rivolgevo al cielo e chiedevo che preparasse l'irrimediabile. Immaginavo di andarmene indossando un vestito azzurro e di rifugiarmi in un bar a bere un tè caldo, l'espressione altera, i capelli annodati dietro la nuca, il respiro profondo, un distacco discreto dagli altri avventori che mi disgustavano. E tutto intorno solo autonomia.

Vegliare fino alle cinque di mattina su un litigio con l'analista per vedere se cambia colore.

Intanto dall'universo arrivava con ritmo sicuro la lezione sull'assenza, quella sulla distanza. A casa mi riempivo di cibo, fumavo e facevo la conta delle persone che mi amavano. Era una stagione piovosa, la notte si scatenavano temporali grandiosi e il cielo lampeggiava di continuo. Ricorda che nel luogo da cui vieni, quando si camminava scalzi sulla moquette e si ascoltava Édith Piaf, il disaccordo era una via legale di fuga.

Avvertivo presenze rarefatte a cui non badavo. Huang Po in quei giorni mi ripeteva: *Perché questo parlare di raggiungere e non raggiungere? Il fatto è questo: pensando a qualcosa voi create un'entità e non pensando a nulla ne create un'altra. Distruggete completamente tali pensieri erronei, e non vi rimarrà nulla che dobbiate cercare.*

Il dottor Lisi si mostrava indispettito per la mia passione per Lorenzo, arrivata dopo molti anni di analisi, aveva catalogato come deviata la nostra storia. Ma non a tutti piace stare in pace. Nell'interpretazione della scelta del partner spesso si trascurano le benedizioni e il lento lavoro di sedimentazione a opera degli incontri difficili e indispensabili.

Avevo chiesto a Lorenzo in che modo si potesse avere conferma che i fenomeni invisibili esistessero davvero, mi aveva risposto che si trattava pur sempre di un atto di fede. Se sbaglierai, avrai sbagliato, tutto qui. Non ne parlava volentieri, credeva che la grazia si trasmettesse solo da uno stato di assoluto silenzio. Passavo le notti a guardare il cielo, fotografavo le nuvole all'alba e studiavo le costellazioni, a occhi chiusi puntavo il dito sulla mappa della volta celeste e osservavo dove finiva, Epsilon Indi, la stella nana arancione della costellazione dell'Indiano.

Se chiudevo gli occhi potevo vedere Lorenzo camminare per New York, strascicare le scarpe, alzare lo sguardo o abbassarlo a terra meravigliato e infastidito da tutto, in fila ai musei, sdraiato a letto o mentre mangiava un hamburger. Prima di partire mi aveva regalato un quadro dipinto da lui, si vedevano delle fiamme, era popolato da esseri grandiosi, metafisici, c'era Babbo Natale con il terzo occhio rosso e un cielo fuori dal tempo, parziale. Prendevo i suoi viaggi come occasioni per tornare in me, dormire la notte, sospendere la contemplazione.

Rientrato dalle vacanze mi trattava con distacco, ho pensato si fosse innamorato di qualcuno, ma non eravamo abbastanza in confidenza perché glielo potessi chiedere. Non avevo mai incontrato una persona più forte di me. Da quanto la ami? Conosce le onde luminose? Ha capito che quando alzi gli occhi al cielo sei imbarazzato? Lei quando ti vedrà andare al fiume con l'oscilloscopio penserà che sei un pazzo. Ama me.

L'autunno mi commuove. Presto sarebbe arrivato il tempo mistico della vendemmia, il cielo finalmente basso, irraggiungibile quando in estate si estende a cupola, le foglie di vite nell'aria fredda, le sciarpe di lana, gli stivali di gomma, i bambini disegnano grappoli d'uva sui quaderni facendo tanti cerchi in ordine decrescente e poi li colorano di viola, blu iris. A volte a scuola sono a disagio e si riempiono di aria in testa, nella gola, il cavallo della calzamaglia scivola tra le gambe, camminano con l'elastico abbassato, faticano a correre, a saltare, si siedono in disparte. Il bambino non socializza, il bambino fatica a inserirsi nel contesto, il bambino mostra difficoltà nell'elaborare le frustrazioni, ma la calzamaglia non smette di scendere.

Il disagio a volte somiglia alla malinconia.

La maestra elogia il suo disegno, a lui viene in mente il temperino nuovo, lo tira fuori dall'astuccio lo tocca e si calma, il temperino è fatto degli stessi atomi della sua casa, della solennità d'amore della madre. L'aria esce dalla gola, il disegno adesso sembra bello, qualcuno lo ha guardato, lo ha riconosciuto, gli atomi dei cerchi viola dell'uva sono gli stessi della felicità, gli stessi dell'aria che dalla testa spinge per lasciare il corpo. Gli atomi blu iris e quelli del bene e quelli della madre si uniscono, il bambino sistema l'elastico della calzamaglia che adesso si appoggia di nuovo sulla pancia.

Intanto in città le foglie del gingko diventavano gialle e infondevano onde di impermanenza.

Non capitava mai che io e Lorenzo facessimo discorsi concreti, non parlavamo di quello che ci capitava. Tutto diventava poetico e inconsistente dopo poche parole, mi sentivo in colpa per questo e mi accusavo di masochismo. A causa della passione a vuoto così come per la mia posizione celeste, apparivo una donna estrema. O afflitta da nervosismo. I sentimentali anonimi sono i rivoluzionari di questo secolo, gli indecifrabili. I sentimentali spaesati che amano senza sosta, gli unici ribelli, gli unici contestatori rimasti. Le persone che non possono rientrare nelle statistiche dei comportamenti vengono ugualmente amate ma le si trova inaffidabili, fragili, inservibili.

Ricordo certe sere passate a pregare seduta davanti al vaso dove avevo piantato dei semi di fiordaliso, li annaffiavo con l'acqua con cui mi ero lavata il viso lasciata poi sul davanzale tutta la notte. Un rito che non aveva dato nessun esito. Tenevo sul comodino il vaso per riuscire ad addormentarmi, cercavo una protezione minuscola perché il buio mi fa paura. Cărtărescu in quei giorni mi diceva che quella che chiamiamo comunemente realtà non è che la superficie delle cose.

Con Bianca ci incontriamo spesso in piazza Dante, sedute sui gradini parliamo di esasperazione, di amore. Dante ha un'espressione austera, in una mano tiene il suo libro e con l'altra posa un dito sul mento e volge la testa assorto. Ha lo sguardo severo delle persone tradite. Una sera una donna ci ha chiesto se poteva sedersi accanto a noi, aveva bisogno di stare vicino a qualcuno. La donna parlava da sola, sembrava una persona impazzita da poco, una che stava impazzendo per la prima volta in quei giorni. Il volto non era ancora stravolto dai dubbi, i discorsi erano lineari e persecutori ma il delirio era illuminato da una piccola certezza, da un contatto privilegiato con tutto, ancora privo di angoscia. Inconfondibili, nei suoi occhi, alcuni sprazzi di speranza. Diceva che stare nella nostra città era diventato difficile ma che per il momento non ci potevamo muovere da lì. Ha percepito qualcosa, me lo ha indicato, per contrastare quella forza sarebbe arrivato a breve un uomo, una specie di uomo, ha aggiunto. Poi si è alzato il vento, finalmente il vento, ha detto, vedi? Questo è un segnale. Ho chiesto a Bianca se parlassi anch'io così, se facessi lo stesso effetto di quei discorsi sul vento, sui segnali.

Il dottor Lisi sosteneva che siamo tutte le persone che sogniamo. Lorenzo sosteneva che siamo tutte le persone.

Bianca, la volpe dai riflessi azzurrati, credeva nelle mie ragioni. Eppure quella sera mi ha presentato un amico, l'uomo giusto per me. È stata una cena noiosa, in un'osteria del centro ingoiavo le fette intere di vitello tonnato affinché la serata finisse in fretta, parlavamo di quello che rimane attorno alle verità inconfessabili, le aspettative di tutti falsate dai convenevoli e io desideravo solo tornare a casa e stare alla finestra al buio a fumare. Invece ci hanno lasciati soli, camminavo per il centro accanto a un uomo molto bello che portava i capelli raccolti in una coda e aveva i fianchi stretti, gli occhi scuri, ma non si accendeva nemmeno una scintilla molto piccola tra noi, neanche cercando tra quelle più tiepide come il desiderio, il piacere di sedurre. Incrociando le gambe sullo sgabello del bar mi si sono rotti interamente i pantaloni, strappati sul cavallo. Ho tenuto la pipì tutto il tempo, tu cosa pensi di Trump, i terremoti sono punizioni della natura, sono eventi accidentali, so fare dei biscotti deliziosi, scrivo poesie. Nascondevo lo strappo dei pantaloni in attesa di trovare il coraggio di dirglielo, eravamo così poco luminosi che mi era preso l'impaccio. Ho rifiutato tutti i gesti galanti di passare per prima, con una maglia appesa alle gambe ho passeggiato per un po' con lui per i vicoli. Sono riuscita a mostrargli i pantaloni quando ormai ero diventata troppo nervosa, ho interrotto i discorsi sulla filosofia del carattere, su Orione, mi sembri una persona sincera, ti piace la musica elettronica, e me ne sono andata a casa.

Ero agitata e ho tardato ad addormentarmi, ascoltavo il ritornello di *We three Kings of Orient are*, una canzone che mi commuoveva, chiudevo gli occhi e dicevo ciao Lorenzo, faccio fatica a dormire. Gli ho scritto un messaggio usando alcune parole che ne evitavano altre ma lui non ha risposto. L'ho giustificato ricordandomi di una teoria sulla parola vuota e mi sono addormentata. Mi bastava sapere di amarlo, non avevo mai amato nessuno. L'idealizzazione a volte è solo totale assenza di malevolenza.

Quando non lavoravo andavo in collina, mi sedevo su un prato vicino agli alberi di fico, agli ulivi e ai cespugli di rosa canina, fingevo di essere lì per leggere e scrivere. Mi interessava invece mettermi alla prova con il Tutto di cui parlava Lorenzo, ma lo riuscivo a fare solo se avevo un'altra occupazione. Un giorno leggevo un articolo di un editore lungimirante, si stupiva che alcuni autori venissero pubblicati da case editrici indipendenti. In un contesto editoriale normale, romanzi come questi dovrebbero essere le uscite di punta dei grandi editori, diceva. E mi sembrava che non solo le sorti degli autori di nicchia ma che tutto entrasse lì, dentro questa frase. Tornando in città con la sicurezza di chi ha intuito il vuoto, ho incrociato Lorenzo in macchina, fermo al semaforo. L'ho salutato ma lui non mi ha visto, muoveva la testa a tempo di musica. L'ho preso comunque come un segnale positivo. Cosa ti aspetti? mi chiedevo, ma non mi veniva in mente più niente.

Bianca mi ha suggerito la strategia della distanza. Per qualche giorno camminavo indifferente per i piani della libreria, lo salutavo a malapena ma sembravo arrabbiata. Lui assecondava la mia freddezza e fingevamo di essere due estranei. Lorenzo non smetteva di ritrarsi, avrebbe potuto andare avanti così per sempre, allora tornavo a parlargli perché non sopporto la noncuranza.

Tutti interpretavano la nostra storia mentre Lorenzo, impassibile, continuava a occuparsi dei corpi celesti. Tengo in grande considerazione le persone che riescono dove io fallisco: l'attesa, il distacco, il silenzio. Laddove il dottor Lisi scovava nevrosi e blocchi, traumi e resistenze, io intravedevo la determinazione priva di paura, lontana dai nomi. La sostanza luminosa attraversa ogni cosa ma produce calore, mi pare, solo quando riconosciamo che la distanza dall'altro è incolmabile e smettiamo di desiderare di coincidere con chi amiamo, di avere quello che possiede e di sapere quello che sa e che ci sfugge. L'amore è contemplazione. Le storie in cui le persone si somigliano molto e condividono tutto sono destinate a diventare un impasto simbiotico, il desiderio evapora dopo poco. Lì dove l'amore è solo familiare.

Il dottor Lisi mi invitava a capire cosa si nascondesse dietro al desiderio ostinato per Lorenzo. Ma io dietro non trovavo niente. Ricordiamoci che dietro è un posto che non esiste.

Tutte le emozioni erano cambiate. Un gambero noce, un pulcino acacia, mi venivano in mente gli animali favolosi, piccoli e con innesti di vegetazione, quando la sera provavo a meditare ma dall'alto della libreria arrivavano solo premonizioni sul mio futuro.

A volte venivo assalita dalla paura di dimenticare e cercavo per casa le bollette, il foglio su cui avevo segnato gli appuntamenti. Scrivevo sull'agenda una lista di cose da fare e mi mettevo in regola covando un nervosismo che riversavo sugli addetti al servizio clienti.

Secondo la filosofia buddista noi non sperimentiamo la vita ma la pensiamo, la immaginiamo e la sommergiamo di opinioni, di fantasie. Ogni momento di nervosismo, gelosia o inquietudine segnala uno scontro tra desiderio e realtà.

Illuminare la mente, osservare, essere attenti.

Avrei voluto chiedere a un monaco buddista come affrontava l'enigma dei sintomi psichici.

Una volta ho fatto una costellazione familiare, per impersonare i miei parenti ho dovuto scegliere tra gli omini della playmobil. Cercavo una femmina con i capelli rossi che somigliasse a mia madre ma c'erano solo parrucche bionde, così me la sono presa con una bambolina in salopette con i capelli gialli. A mente chiedevo a Lucia di perdonarmi per questo. Il dottore mi ha fatto alzare in piedi per visualizzare vicino a me mia madre, mia nonna, la mia bisnonna, mi chiedeva di immaginarle tutte coinvolte nello stesso dramma dell'abbandono. Ma l'ansia non è passata.

Il dottor Lisi mi diceva apertamente che stavo sbagliando con Lorenzo; un analista di solito non lo fa mai, di evidenziare un errore. Ho creduto che fosse geloso. Pensava che vaneggiassi, non ricordavo i sogni, non avevo più un brivido di ansia. A suo parere significava solo che l'amore, quando tuona in quel modo da riempire tutti i vuoti, rende la condizione di abbandono un ricordo lontano. Ma solo temporaneamente. Quello che su Gliese 832 c o in un romanzo verrebbe preso per amore, per i freudiani rappresenta un movimento di cui sospettare.

Al cospetto dei messaggeri del destino bisogna saper accettare che tutto è incomprensibile, le risposte arriveranno con il tempo, in modo inaspettato.

Cosa si può fare contro la spinta degli incontri che capitano, e l'amore di certo capita, con cosa la sostituisci, come la argini, a chi rinunci? Nel mio cuore c'è una luce, la conservo da così tante vite. È lei che mi ha costretto ogni volta a tornare e mi ha permesso di leggere nei pensieri, come se imparare non avesse mai fine. Sono in vita da così tanti anni, e adesso ho finalmente potuto incontrare di nuovo mia madre, che prima è stata mia figlia, la mia regina, e questo uomo che per millenni ha avuto paura di me.

Lorenzo era convinto che l'amore e il desiderio producessero attaccamento, attitudine che intendeva allontanare dalla sua vita perché causa di infelicità. Lo aveva detto a un collega durante la pausa caffè, e io ho finto di non sentire. Aveva sofferto molto per una donna. Allora la ama ancora, pensavo.

Io non faccio mai male a nessuno. Ho sui palmi delle mani una zona rosso scarlatto, sempre accesa.

Ho nel cuore un abbandono, per questo sono selvatica. Per questo e perché mi nutro di un'energia primitiva, per costituzione. Lo stesso facevano mia zia e mia nonna. Siamo nate così.

Secondo il dottor Lisi, Lorenzo mostrava gli stessi segni di narcisismo di mia madre, ma credo intendesse parlare di sé. La sua somiglianza con Lucia era sorprendente, a evidenziare che il destino conosce ogni cosa ed è materia dell'indicibile. Siamo costretti a desiderare sempre le stesse forme e questo non mi sembrava un male.

Una sera ho fatto a Lorenzo un discorso molto lungo allo specchio, mi sono messa il rossetto e un po' mi ascoltavo, un po' mi distraeva questo rosso che si muoveva dicendo *non mi ricordo* e lasciava intravedere i denti trasparenti che sembravano riempiti di acqua azzurra. I denti con dentro un fiume.

A me piace quando tutto torna in quiete, si studia sul tavolo in cucina, si accende il camino, si va a letto presto, ci si sveglia presto, quando si fanno le torte, ci si muove piano, il sole non ti bacia, non ti avvolge, è un po' lontano. Mi piace quando l'aria è discreta, le piante non hanno più tanta sete e si dorme raggomitolati, un sonno senza interruzioni, ci si può coprire, si possono chiudere le imposte, si può stare in segreto, senza troppo svelarsi. Meno esposti. Al riparo. Quando tutto è delicato e quello che accade ti sfiora, c'è il profumo della legna che brucia sul fuoco. Quando c'è silenzio e si può ascoltare, si può fare attenzione, si può camminare sotto la pioggia. Quando tutto è tranquillo, racchiuso, e i segreti, le presenze invisibili, possono svelarsi senza paura, e non si confondono. Quando la terra sembra dormire – si è spenta per sempre? si sveglierà? – e invece ti sorprende ancora, infatti insieme alle foglie che cadono si possono ancora trovare le castagne, i melograni e c'è l'uva. Ci si può toccare con particolare cura, la pelle non è scoperta, è necessario cercarla, spostare il tessuto con l'intenzione precisa di raggiungerla. Ed è forse il modo in cui amiamo a determinare le predilezioni, l'amore che per noi infatti è tutto.

Nel mio cuore conservo un dolore. Non ci si farà mai male, è importante dirlo alle persone che si avvicinano. È il tempo della pace, delle carezze sui capelli, ci si può dondolare, al caldo, qualcuno conserva le poesie a suo nome in un quaderno e di notte si addormenta felice.

Quando Lorenzo parlava lo ascoltavo attenta, dicevo ecco dov'ero, ero qui. Mettevo le mani in tasca, disorientata, non saperne più niente dei luoghi, delle stanze, delle scale, le coordinate spaziali si annullavano, il polo sud e il polo nord si staccavano dal punto critico delle distese di ghiaccio, si scioglieva la neve. Rimanevano solo i movimenti precisi, lo sguardo che corre per migliaia di chilometri e si posa lì dove tutto è senza parole.

Il filo che separa la luce da una spiegazione logica delle sequenze razionali di un evento è, in assenza di cielo, un luogo infinitamente piccolo in cui si annida il bene.

Camminavo per la zona industriale della città, un posto pieno di antenne paraboliche, con i condomini alti, i capannoni di lamiera. Cercavo somiglianze per strada, una signora alla fermata dell'autobus urlava al telefono e ho pensato che, pur detestando i toni di voce troppo alti, avrei potuto reagire anch'io in quel modo in qualunque occasione, da adesso, avrei potuto essere tutto. All'angolo della strada una prostituta cantava a voce alta, si stordiva e alimentava l'euforia necessaria per sopportare di toccare il membro di un uomo eccitato e sconosciuto. Cosa ci fai creatura perfetta della Nigeria in una via dal nome tanto sgraziato, così vicina alla nebbia, ai pitosfori? Cantava a voce sempre più alta, saltava e alzava in alto il pugno mentre io pronunciavo alcune parole di protezione. Indossava un piumino argentato, la nostra luce coincideva, una macchina si è fermata, lei ha sputato il chewing gum ed è salita.

L'impressione di essere di nuovo alle prese con una piccola pace l'ho avuta vicino alla cupola dei magazzini generali in abbandono. Vorrei non essere accusata di vaghezza se mi piace solo leggere e scrivere, seguire le linee identitarie, rimanere incredula verso i pensieri degli altri.

Quando mi suggeriscono un miglioramento in vista di un problema da risolvere mi assale una malinconia che somiglia alla tristezza dell'infanzia, la malinconia pura, priva di scappatoie, senza rimedio, disarmante. Avevo sviluppato un'avversione per i comportamenti evolutivi, lì dove le apparizioni acquisivano per me la stessa evidenza della materia e si sovrapponevano ai pensieri, agli stati d'animo. Da qualche tempo per fortuna tutto aveva ripreso a parlare, gli spiragli, le librerie, gli alberi, le finestre, le somiglianze; siamo nell'evoluzione dell'animismo, di lì non mi sarei più spostata.

Una notte un terremoto forte mi ha svegliato, sono corsa sul pianerottolo, poi alla finestra per capire se uscire subito di casa o mettermi al riparo sotto l'architrave. Invece la città era immobile. In camera il lampadario ondeggiava e alcuni libri erano caduti a terra ma nelle altre stanze ogni cosa era al suo posto. La mattina ho chiesto ai vicini se avessero sentito una scossa quella notte, mi hanno guardato come si guarda una visionaria, a occhi spalancati e accennando un sorriso. Ho raccontato del terremoto a Lorenzo che mi ha rassicurato, avrebbe acceso una candela per proteggermi. Una pratica così fricchettona. La sera la mia faccia è diventata rossa, ho fatto una doccia ma il mio viso non scoloriva. Gli ho scritto *sei stato tu?*

La mia faccia sta andando a fuoco. Ha risposto sì, può darsi. Ha aggiunto alcune emoticon, un cilindro, una scarpa col tacco, tre nuvole, una sfera, un cuore, un teschio. Ho fotografato lo schermo e poi ho ingrandito la foto per capire se si trattava di una sfera o di un buco nero, per guardare il cuore. Banalmente avrei potuto prenderlo per amore e infatti, certo, c'entra l'amore, ma era anche qualcosa come la ricerca di parole che rivelassero la paura di sporgersi, il silenzio che c'è tra volere qualcuno e non volerlo, l'impossibilità di distinguere la rabbia dalla tristezza.

A volte la sintonizzazione sottile si svolgeva per metà in un orecchio e poi proseguiva per un pezzo piccolo a voce e tornava a suonare da qualche parte, quando accadeva io chiudevo gli occhi e lo salutavo, dicevo ciao Lorenzo. Usciva dalla mia bocca, senza suono, un saluto. Il movimento era per me resistere, parlare con Lorenzo, baciare qualcuno immaginando di baciare lui, scrivergli un messaggio, dimenticarlo, scomparire, incontrarlo per le scale e sentire i raggi azzurrini raggiungermi, scansarli, girarmi per guardare se ci fossero davvero, vederli scomparire. Banalmente avrei potuto prenderlo per amore, e infatti certo, c'entra l'amore, ma era anche qualcosa come la pioggia sui vetri. C'è una foglia di nocciolo, non ha spine. La neve perfetta.

Mi aveva regalato un vasetto di marmellata fatta da lui, marmellata di more. La mattina ne mangiavo un cucchiaino e chiedevo ma tu chi sei?

Sul profilo di whatsapp mettevo delle foto che lo riguardavano, un uomo e una donna che si abbracciano in tutte le condizioni di pioggia, al tramonto, nell'universo. Un uomo che tende la mano a una volpe, per farla avvicinare. Infatti un giorno mi ha scritto *che foto!* Gli ho risposto che era per lui. Cioè siamo noi. Un'immagine ritraeva un uomo fatto di stelle che bacia una donna con i capelli ondulati, a occhi chiusi. Finalmente l'uomo luccichino si è deciso a baciare la sua spasimante, mi ha scritto. Mi aveva scambiato per una spasimante, per un mese gli ho parlato appena ma per lui il tempo non esisteva e taceva insieme a me, senza risentimento. A volte mi sforzavo così tanto per intercettarlo col pensiero che finivo addormentata sul divano.

Raccontavo agli amici del nostro amore immaginario, di quando avevo piantato i semi di fiordaliso annaffiandoli tutte le sere e loro pensavano di me che ero una sognatrice isterica, l'ingenua maga dei sortilegi a vuoto.

I continui aggiustamenti tra dentro e fuori sono una condanna, un adeguamento incessante che se osservato da Andromeda rivelerebbe tutta la sua superficialità. Mi dicevano che ero inafferrabile, ma io non sfuggivo da niente. La marcia nei boschi, il cielo, gli oggetti che non hanno ancora un nome. Se vuoi essere costante, scegli al massimo tre predilezioni.

I buddisti considerano l'Universo ineffabile, al di là di ogni descrizione.

Anche io che non lo sono la penso così.

Il primo uovo rosso si era rotto e ne era uscita la materia del vento e il seme degli esseri infernali.

Ogni mattina mi convincevo che le cose fossero andate storte solo fino al giorno prima e mi prefiguravo un futuro radioso. Mi preoccupava molto interrompere l'analisi, temevo che il dottor Lisi potesse avere ragione sulle conseguenze.

In te, mi dicevano i sogni, convivono energie mutevoli e antitetiche, i temporali e i sentieri di bambù, la contemplazione, la rivolta, il sabotaggio, la codifica dei cuori di tutti, energie che non hai mai saputo intrecciare.

Se potessi tornare indietro mi affiderei senza esitare ai segni del destino, da piccola conoscevo bene il suo linguaggio e interpretavo con facilità le apparizioni, le discordie, le avversità e la benevolenza. Mi rifugerei in tempo nel luogo a me riservato, vicino a un bosco, accanto alle persone poetiche, ai rivoluzionari, vicino alle persone che provano un dolore senza nome, e chiuderei gli occhi ogni qual volta mi dovessi trovare al cospetto di un informatore delle superfici, le persone nate così tante volte e rimaste sempre impassibili, per ogni vita che hanno vissuto. Accetterei la protezione degli oggetti magici di mia madre, così da poter fronteggiare le forze ostili nel lavoro complicato della codifica dei cuori di tutti che, senza l'aiuto di una benedizione, trascina le anime generose nell'ambivalenza, nella debolezza, nell'indecisione, e le porta alla follia.

Non bisognerebbe stare troppo tempo lontano dagli alberi, dal loro conforto, quando la forza vitale si abbassa oltre la soglia e lascia entrare ogni sorta di ambiguità. Ho temuto di dover abbattere il tiglio del mio giardino, per un anno non ha più messo foglie se non da un ramo, ma anche in questo le foglie erano gialle, bucate e cadevano dopo poco. Ho chiesto aiuto a un giardiniere che aveva una svastica tatuata sul braccio e amava gli alberi con una grazia insolita; sembra che il legno dei tigli sia molto tenero, è sufficiente che un verme entri nel tronco per far morire l'albero. Però si poteva salvare, mi ha assicurato che ci avrebbe provato.

La storia del legno tenero indebolito da un piccolo verme mi aveva commosso.

Mia madre aveva un'avversione per la fine, anch'io ne ho sviluppata una identica ma più articolata. La sua era invece totale. Non sopportava nemmeno che le persone fossero infelici. Si era ripromessa di salvare il cameriere della trattoria in cui qualche volta cenavamo, voleva capire perché fosse sempre tanto serio, credeva che nella sua ombrosità si nascondessero soprusi e traumi. Immaginava tutti i lavoratori sfruttati dal principale, le donne manipolate dagli uomini, i bambini incompresi e trascurati. Conversava con lui mentre prendeva le ordinazioni, gli parlava con garbo, si faceva consigliare un dolce ma lui era sempre di poche parole.

Perché sei triste? gli aveva chiesto una sera, stanca di trattenersi. Il cameriere aveva sorriso, aveva ritirato il cestino del pane e se n'era andato. Avevamo cambiato trattoria perché gli era divenuto insopportabile. Non senti che atmosfera tetra lì dentro? Come abbiamo fatto a non accorgerci che era solo un cafone?

Gli anonimi sentimentali governano il mondo ma si cerca ancora di ignorare la portata della loro rivoluzione. Lucia era un pesce fuor d'acqua e io ero la sua acqua.

Lui mi ha guardato con amore e io l'ho abbracciato; Lorenzo mi ha stretto così forte che il mio costato è andato in pezzi. Tutto accadeva davanti al distributore di bevande liofilizzate della libreria, gli abbracci, le confessioni, quando mi allontanava, quando si avvicinava. Avevamo dieci minuti al giorno da trascorrere insieme. Nonostante lo slancio metafisico, era un uomo molto severo e razionale, meticoloso, nascondeva la sua diffidenza con il monito intransigente di aderire al Tutto. Ma nel Tutto c'ero anch'io. Mi ha detto che avrei dovuto scriverlo minuscolo, che usavo troppa enfasi.

Lo si incontrava solo in alto e mai completamente. Temeva che a causa delle sue azioni sbagliate si scatenassero punizioni e maledizioni, io gli regalavo alcuni libri pieni di speranza in cui tutto andava a finire bene. Il gioco di resistere, di fare a meno delle informazioni concrete mi costringeva a una meditazione snervante, a una tensione immateriale che aveva qualcosa in comune con le privazioni, con l'ascetismo. Una severità che mi stava curando.

In tutti i libri che parlano d'amore ritrovo mia madre. In Occidente abbiamo un'ossessione per i traumi a cui nessuno crede più fino in fondo. Sappiamo come sono andate le cose, conosciamo il punto esatto in cui un nostro contenuto doloroso si riverserà all'esterno ferendo qualcuno, ma perseveriamo nella ricerca dei colpevoli. Il dolore, se è puro, non mi è mai sembrato così difficile da sopportare.

Leggevo un libro di un maestro buddista che ho abbandonato al capitolo *Il punto di svolta*. La filosofia buddista mi interessa ma manca di una teoria della magia.

Ho chiesto a Lorenzo se si fosse più innamorato dopo quella volta che aveva tanto sofferto, mi ha raccontato che la sua prima fidanzata si chiamava Maria. Sono rimasta in silenzio mentre lui con gli occhi mi trasmetteva alcune teorie sulla predestinazione: è un caso, non si parla di noi, mi ha detto.

Avrei voluto interromperlo per chiedergli se mi amava davvero.

Quando uscivo con un uomo mi avvicinavo a Lorenzo con una certa spietatezza, almeno per qualche giorno. L'intenzione era di fargli capire che avrebbe potuto perdermi. Ma lui continuava a parlarmi con la consueta calma, diceva stamattina il tuo sguardo penetra metalli e strutture in muratura, raggiunge il negozio di candele e le scioglie. Sgranava gli occhi e tratteneva il respiro, segno che poteva ancora resistere. Mentre ero alla cassa mi rivolgevo alcune domande. Lo vorresti anche se fosse molto pignolo? Anche se scoprissi che è un uomo alpha? Se andasse in prigione? Anche se dovessi aspettarlo per anni? Anche se dovessi aspettarlo per anni.

Immaginavo di sposare Lorenzo sulla neve, ai piedi gli stivali da pioggia rossi. Se ti chiedesse di sposarlo? Temevo di non amarlo abbastanza.

In libreria era arrivato un nuovo commesso, aveva gli occhi che divergevano, le gambe molto grosse e indossava degli occhiali spessi con la montatura nera. Parlava solo di guerre e di fumetti, quando salivamo le scale non potevo stargli accanto perché lo spazio era insufficiente, allora mi sistemavo dietro a lui perché temevo potesse fare delle fantasie sul mio sedere.

Lorenzo lo intratteneva con discorsi sulla letteratura, quelli che non faceva a me perché credeva di dovermi stordire con l'impermanenza e alcuni ideali sulla vera e falsa sofferenza.

Una stella cadente non ha niente a che fare con una vera stella. Queste sorprendenti scie luminose sono causate da minuscoli pezzettini di polvere di roccia, detti meteoroidi, che cadono nella nostra atmosfera e qui bruciano per attrito. L'effimera traccia di luce della meteoroide che brucia produce una meteora. Le meteore vengono comunemente chiamate stelle cadenti.

Non si dovrebbe sapere la verità su tutto.

Ricordo una scenata che mia madre aveva fatto a un amico quando, guardando il cielo, gli era sfuggito di dire che la luna era crescente. Non voleva che si dessero nomi ai movimenti del cielo, credeva portasse sfortuna. Lo ridicolizzava davanti a me ripetendo in una cantilena asse di rotazione terrestre, moto di rivoluzione, iridescenza, librazioni apparenti. Gli aveva chiesto se non volesse raccontarci anche di come le stelle che vediamo nel cielo in realtà sono morte milioni di anni fa o di quella storia del sole, che noi vediamo il sole che splendeva otto minuti prima.

Ma le stelle non muoiono.

Non avevamo più visto l'amico di Lucia, pensava fossimo strane. Lucia, la madre bambina che io così tanto amavo. Quando un corteggiatore si allontanava da lei provavo piacere, allora avevamo ragione, pensavo. Prima di dormire riflettevo sulla tenacia con cui il romanticismo di mia madre scompaginava il reale e mi sentivo al sicuro.

Marco, il nuovo commesso, era punk, la direttrice sarebbe rimasta sempre dubbiosa su di lui, lo avrebbe messo continuamente alla prova. Lorenzo lo ha da subito protetto. La direttrice aveva un debole per Lorenzo, come tutti. Faceva la pausa caffè con noi, la sua presenza mi provocava una sottile disperazione mentre Lorenzo sembrava apprezzare anche quell'impedimento, mi lanciava dei baci di nascosto che mi lasciavano pietrificata. Gli ho chiesto di fermare tutta quella magia se non doveva portare a niente ma lui non ha capito. Più tardi mi ha detto se il ciclone si muove non lo si ferma più e travolge ogni cosa e io non posso più perdere il controllo. Ma non credere di delirare quando immagini che ti penso.

Bianca sospettava che avesse dei disturbi di erezione. Mi chiedevo invece se possedesse ancora delle intenzioni.

Ai tempi di Sidonie Gabrielle Colette gli uomini erano tanto arditi da farle scrivere *Nessun lui ama il gioco sottile.* Sarebbe vissuta bene nel 2018, quando la percentuale di asessualità cresceva in modo smisurato.

Con il dottor Lisi interpretavamo le resistenze di Lorenzo, ci scorgevamo una piccola perversione per la rinuncia. Sembrava esporsi alla seduzione al solo scopo di resistere, portare ai limiti di soglia il desiderio per ritrarsi. Quando ero impaziente, le congetture del mio analista alleviavano la mia frustrazione, trovavo all'esterno una causa per sopportare la mia delusione quando non resistevo più così immobile in quello che c'era, nel moto lento dell'universo. Ma le incursioni nel mondo delle categorie mi allontanavano da lui, come se i movimenti piccoli delle cose che devono accadere si spezzasse sotto il peso dei pensieri.

Come diventano le nostre impressioni se qualcuno le contrasta? Cadono a terra e rimbalzano nello spazio o finiscono in fondo a un fiume, accanto alle pietre.

A volte quando non riesco a prendere sonno, penso che il mondo sia un posto orribile. Pieno di cinismo. La sofferenza proviene dall'esterno o dall'interno? Senza scopo.

Bianca aveva invitato a cena un'amica, una ragazza molto timida, mangiava in silenzio e io non capivo se fosse meglio coinvolgerla nella conversazione o ignorarla. Le ho chiesto di cosa si occupasse ma lei è arrossita, ha risposto che faceva la baby sitter anche se solo temporaneamente, aveva in serbo progetti importanti di cui preferiva non parlare. Bianca mi ha guardato male, non so davvero mai se quello che dico sia fuori luogo e perché. Le ho raccontato della mia passione per i libri d'infanzia. Uno in particolare, ambientato in Groenlandia, in cui un bambino si affaccia alla finestra, sta nevicando, lui indossa un impermeabile giallo, prende una lanterna e va a vedere un branco di balene con il nonno.

Tu ti innamori perché non vuoi stare sola? Questo voleva sapere da me il dottor Lisi.

Lorenzo mi ha mandato un messaggio, ha scritto *sei così bella*. Bianca l'ha preso come un segnale inequivocabile. Mi sono seduta su tutte le sedie di casa perché non potevo più stare ferma. Per festeggiare abbiamo fumato molte sigarette e ci siamo ubriacate, prima di addormentarmi mi chiedevo se lo amavo ancora.

Philippe Petit ha compiuto la traversata delle torri gemelle su un cavo di acciaio. È nato in una famiglia piccolo-borghese ed è stato cacciato da molte scuole perché derubava gli insegnanti e si rifiutava di sostenere gli esami. La prima impresa si è svolta a Parigi, su una corda tesa tra i due campanili di Notre Dame; una volta sceso a terra la polizia lo ha arrestato.

Il mondo senza scopo si rovescia in un paesaggio in Groenlandia dove io e Lorenzo andiamo a guardare un branco di balene.

Il dottor Lisi temeva che sarei impazzita e mi chiedeva apertamente di rinsavire.

Con Bianca abbiamo litigato due volte in ventitré anni. Quando era in crisi con il fidanzato e le ho detto che era troppo gelosa, è scesa dalla macchina infuriata, decisa a tornare a piedi dalla zona industriale. Pioveva forte, la seguivo e le dicevo che si stava bagnando, che le volevo bene, così dopo un chilometro mi ha concesso di accompagnarla a casa anche se siamo rimaste in silenzio per tutto il viaggio. Il secondo litigio risale a quando mi ha detto che dovevo svegliarmi, che tutti facevano di me quello che volevano. L'ho lasciata da sola al bar, a mezzanotte mi ha telefonato e io per farmi perdonare le ho letto una poesia di Stevens. *Per chi in ascolto, ascolta nella neve, e lui stesso un nulla, guarda il nulla che non c'è e il nulla che c'è.* Ma i momenti per la verità sono così enigmatici, irraggiungibili.

Una sera, dopo il cinema, da McDonald's io e Bianca parlavamo delle frequenze altissime, le frequenze azzurrine, piene di luce; per mimarle aprivamo al massimo le dita della mano e alzavamo il braccio tenendolo teso. Facevamo un gioco: scegliere tra i passanti gli uomini che ci piacevano. Io non li vedevo, percepivo solo una folla compatta di umanità senza corpo, lei ne ha indicato uno ma aveva poco più di vent'anni. Bianca soffriva di broncospasmo da tre mesi però non credeva ai medici, la sua cura era aspettare che passasse. Abbiamo parlato di Lorenzo, mi ha detto sei nervosa perché non credi a quello che senti. Apriva le dita della mano e alzava il braccio più che poteva, un'estensione totale per via dell'amore che voleva farmi arrivare. Tra la folla compatta e indistinta ho visto due persone, una donna africana molto alta vestita con un abito tradizionale turchese e giallo, un foulard attorcigliato in testa e delle scarpe ricoperte di brillantini dorati, a braccetto con una signora stralunata, abbastanza vecchia, che somigliava ad Aschenbach di *La morte a Venezia*, il rimmel colato sulle occhiaie, la cipria bianca, la linea del rossetto tremolante e ai piedi delle scarpe di vernice rosse, accecanti. Erano bellissime, lucenti e surreali.

La mattina mi stiravo i capelli con la piastra, poi li bagnavo e li lasciavo asciugare a caso. Mettevo il rimmel, toglievo e rimettevo il rossetto, indossavo un anello che ricordava la cupola di Santa Sofia, così grande da non poter chiudere le dita della mano. Era un amuleto.

Incontra sempre persone che hanno paura, mi diceva il dottor Lisi.

I maestri zen sostengono che le difficoltà nascono quando crediamo che la nostra vita dovrebbe andare diversamente da come sta andando. Sostituiamo al reale delle fantasie, sopportiamo ciò che c'è di ripetitivo, monotono e triste servendoci del pensiero per sorvolare la contingenza. Bisognerebbe lavare i piatti concentrandosi solo sulla spugna che scivola sulle posate, indossare le scarpe mantenendo l'attenzione sui lacci, consapevoli di ogni passo che muoviamo. Ci ho provato per una settimana ma ho cominciato a delirare. Camminavo nei boschi credendo di cercare la penombra, di essere lì per perlustrare gli incavi degli alberi o per il piacere di perdermi, per liberare i tronchi dall'edera infestante, mi sdraiavo sulle foglie cadute a terra e chiudevo gli occhi toccando la materia sensuale, l'erotismo smisurato di cui è fatta la terra, ma la sera tornavo a casa affranta perché non avevo trovato Lorenzo sotto una delle sue mutevoli forme.

Era certo che ci saremmo amati, raccontava a una collega che presto ci saremmo sposati e lei me lo riferiva. Durante una pausa, in un momento di audacia imprevedibile, gli ho chiesto quando ci saremmo almeno baciati. Per alcuni giorni non abbiamo più parlato per ristabilire la neutralità delle emozioni, affinché nessuno dei due si dichiarasse per primo, si dichiarasse troppo, affinché nessuno si innamorasse davvero. La mattina in libreria il suo sguardo oltrepassava la mia testa, mi salutava guardando l'espositore delle agende.

Non riconoscevo l'ambivalenza e prendevo ogni sua esternazione come se fosse quella definitiva. Mia madre sostiene che sono una primitiva, affronto ogni contrarietà come se dovesse durare per sempre. Nella nuova condizione di conoscenti, una condizione che sarebbe durata quindi fino alla fine dei giorni, c'ero io, in alto, che palpitavo e Lorenzo avvolto in una nebbia leggera, gli occhi chiusi, un uomo senza orecchie. Non c'era mancanza, disattenzione, sgarbo che incrinassero la determinazione dei miei sentimenti, un nucleo del tutto indipendente da me, qualcosa che somigliava a un'iniziazione e che possedeva la stessa nota chiara delle melodie struggenti.

I dialoghi non sonori con lui a Zagabria e io a Milano si sono fatti sempre più serrati e una forza ha spinto affinché affidassimo corpo all'intesa muta. Voleva uscire.

Vuoi che prendiamo un aperitivo? Il suo invito si propagava come un'eco e non sapevo bene cosa rispondere, un moto di inspiegabile contrarietà spingeva affinché rifiutassi. Ero terrorizzata.

Seduti in un bar del centro ho creduto che presto ci saremmo sposati. Il mio corpo era piatto, nuovo, a una sola dimensione, rimpolpato di corrente e di scintille astrali. Percepivo ventre e gambe farsi sottili e resistenti come rami di un albero, i capelli germogliavano, portavo un profumo al pepe nero che mi dava sollievo, mi rendeva familiare a me stessa. Se non toglierai il cappello ti bacerà, così ho lasciato che la testa bollisse sotto la lana mohair per infondere coraggio alle predizioni, affinché andassero a buon fine. Affinché quel minuscolo passo in avanti non si spezzasse.

Ma lei crede davvero che sforzandosi in questo modo combinerà qualcosa di buono? mi chiedeva il dottor Lisi.

Lui ha ordinato un gin tonic, io una macedonia, poi una sambuca. Eravamo dentro l'alta marea. Discutevamo di libri, abbiamo scoperto che lanciavamo a terra, dopo poche pagine, i migliori romanzi degli ultimi anni, gli stessi romanzi imperdibili.

E Cunningham?

E Lish?

Abitava vicino alla libreria ma non capivamo in che modo potessimo dire che dovevamo salire a casa, ho dimenticato l'ombrello, mi avevi parlato di quel disegno, qui c'è troppa confusione e non riesco a sentirti. Invece Lorenzo mi ha detto andiamo da me, in ascensore ho retto il suo sguardo fino al quinto piano. Il suo gatto si chiamava Tadzio, Tito di soprannome. Lorenzo beveva le tisane biologiche con il miele, il tè verde, faceva bollire lo zenzero con la curcuma e il limone. Aveva molta paura delle vendette. Una libreria in ferro occupava tutte le pareti di casa, la sezione sul taoismo riportava titoli buffi, angelici; ho preso in mano un libro, era la tesi di laurea posata vicino a un suo dipinto molto grande dove creature nane somiglianti a Heather Parisi, ritratte durante l'ascesi, spalancavano la bocca lasciando uscire una bacchetta magica, un nido, una bambina che spinge un piccolo cavallo di legno a ruote. Alle nove di sera sorseggiavamo un tè a stomaco vuoto, gli facevo tutte le domande che avevo trattenuto. I mesi di telepatia sono stati dieci. Dieci mesi in cui non gli ho mai chiesto cosa intendesse per vuoto.

Parliamo di cosa? Qualsiasi cosa.

Mentre si discorreva di noi pensavo che non ero mai stata a Berlino, a New York, a Bruxelles.

Per simulare che non stessimo guardando le mie labbra, la sua nuca, i suoi fianchi, i miei capelli, gli ho raccontato di un uomo che mi corteggiava, un uomo che avevo respinto e che mi lusingava da tempo con insistenza; avevo capito che era molto rancoroso anche se lo conoscevo da poco. Mi mandava mazzi di fiori, ascoltava per ore il racconto dei dispiaceri che mi affliggevano, i monologhi fatti per prendere tempo, per sedurre e per ricevere cura, mi aveva fatto trovare *Il libro rosso* di Jung sullo zerbino di casa avvolto in una carta preziosa, confessava di avvertire una certa inferiorità nei miei confronti, soprattutto nella sua mancanza di intuizioni. Quando avevo rifiutato un bacio si era mostrato comprensivo, aveva fatto un discorso equilibrato sulle aspettative e poi la sera, stizzito dalla mia disattenzione, rivolgendosi certamente a sé, mi aveva scritto *c'è un Luna Park qui vicino, vai lì a dare le tue consulenze psico a dieci euro.*

Lorenzo mi ha interrotto, ha detto ti voglio baciare. Poteva sostenere il mio sguardo per ore, lo aveva fatto per mesi. Io ho la fortuna di riuscire ancora ad abbassare gli occhi. Non ignoravo quanta rabbia si nascondesse dietro la sua resistenza, anche verso di me. Lorenzo sistemava con cura in un punto preciso quello che desiderava e poi gli girava le spalle, si allontanava camminando lentamente senza voltarsi mai. Percorreva decine di chilometri con le spalle dritte, il passo sicuro dei guerrieri, e resisteva all'oggetto prescelto. In risposta avevo raggiunto la possibilità di coincidere con i miei desideri ma non sapevo bene se potessi permettermeli, se mi spettassero.

Io quando lo baciavo, devo dire, per buona parte di me lo baciavo mentre un pezzo di noi stava su Alpha Centauri e ci guardava. Qualcuno nella mia testa mi chiedeva ma davvero avete un corpo? Davvero mi tocca le tette, ha una mano e io mi aggrappo ai suoi baffi e penzolo? Lui mi ha risposto che stavo razionalizzando troppo, ma io non avevo ancora parlato. Mi sono rifiutata di fare l'amore con lui, troppa tachicardia. Tornando a casa cercavo di capire perché non lo desideravo abbastanza. Ad esempio ha la pelle sottile.

La sera mi ha scritto qualcosa di romantico a proposito dei nostri baci e poi è scomparso. Quando il misticismo di Lorenzo si faceva meno selvatico, le sue parole si riempivano di una malinconia antica, dolce, lacerante. Scriveva di uccelli argentati, di fruscii nel bosco, di riflessi dorati tra le foglie. La sua fermezza mi toglieva il fiato, Lorenzo non mi lasciava, si distraeva.

I metafisici ortodossi, i metodici in procinto di abbandonare la mente, si sforzano di spodestare l'Io ma sembrano in lutto. Ogni gesto di Lorenzo invece somigliava a quello di un patriarca autorevole, severo, essenziale. C'è il mondo delle parole bersaglio, c'è il mondo del sottotesto e c'è quello muto, per me che uso le parole voracemente per riempire le pause, per nascondere le inclinazioni apocalittiche, per oscurare il misticismo, per non ferire nessuno, per non lasciar capire che sono selettiva in modo feroce, le sue omissioni contenevano la determinazione che non possedevo. Ogni volta che ne coglievo una, mi arrendevo.

Tentavo di prendere sonno guardando un film che non capivo in cui nevicava e molte persone dormivano nella sala d'attesa di una stazione in Russia, ho cercato in rete una recensione digitando The train stop + perché, in un articolo un critico spiegava come i film del regista fossero tutti a ben vedere un simbolo dell'abbandonarsi. Dopo quella sera Lorenzo mi ha parlato sempre meno. Lo pregavo di non andare in crisi, ma lui mi guardava come se stessi accennando a un mistero. È maleducazione o si tratta di una fobia tutto questo allontanarsi, scomparire senza avvisare?

Soffrivamo della stessa nostalgia ma io passavo la notte a invocare le divinità.

Lettera a Lucia

Ora che mi sono allontanata da te posso finalmente uscire qualche volta senza patire l'assenza del tuo sguardo. Ho osservato per molti giorni Emilia e Giulia fare colazione alla pasticceria Fiore, sempre alla stessa ora. Mi commuove la cattiveria di Giulia verso sua figlia, una severità struggente che ora posso leggere come segno d'amore.

Sono appassionata di vuoto.

Soffro per il broncio di Emilia, sento i suoi pensieri tristi fare un suono fondo di caverna. Emilia aspettava un complimento che non è arrivato.

Adesso so che per curare la malinconia serve avvicinarsi alla tristezza, per cambiare la qualità della rabbia è necessario perdere la ragione per un momento e che i sensi di colpa hanno sempre ragioni fondate, e non provo più troppa pena per i deboli.

Ogni sera immagino di parlarti, non so se sei vicina, se hai voglia di ascoltarmi.

Mi hai chiamato Teresa all'anagrafe, in ricordo della madre del tuo ex marito, Maria per i familiari. Da piccola ne andavo orgogliosa, ero onorata di portare a battesimo un segno della tua vecchia famiglia, quella per bene, riconosciuta da Dio e dai condomini. Pensavo che se mi ero meritata di divenire un simbolo lasciato a loro in dono, avrei potuto smettere di sentirmi tanto a disagio. Me lo sono ripetuto molte volte quando non sapevo decidere se amarti o se pensarti indecente. Ripercorrevo i fatti buoni e i fatti osceni e conservavo la metà dell'amore e la metà del disprezzo in un posto nascosto tra il cuore e il diaframma.

Mi manchi sempre. Non so come investire di potere le mie parole in modo che al posto degli ostacoli, delle disposizioni diverse, si crei corrispondenza immediata.

Cosa vuoi tu se io voglio te? Andarmene, meravigliarmi, i cristalli sognanti.

Chiedevo a Bianca di credermi se non potevo smettere di amarlo ma lei mi guardava come avrebbe fatto con uno smistatore di giornali di Lotta Continua. Lorenzo era sempre assente, periferico. Invece di arrendermi all'evidenza, non smettevo di amarlo. Fumavo alla finestra, guardavo il cielo e domandavo di lui, aggiungevo delle date precise e subito spostavo avanti o indietro il giorno della fusione mistica, la fusione del mio corpo con il suo che sapeva di mirto, di ammorbidente e di neve.

Alla fine di una cena tra colleghi ho aspettato che rimanessimo soli, ma Lorenzo si è avviato verso casa, mi ha salutato abbassando la testa e rialzandola. Un inchino. Arrivato in fondo alla strada ha gridato ti amo. A letto ripensavo ai particolari di quel saluto, mi dispiaceva che fosse un po' codardo. Il giorno dopo gli ho detto che avrebbe potuto fermarsi con noi, cioè con me, che avrebbe dovuto fermarsi con me.

Lì dove per molte volte due mani hanno toccato lo stesso libro, la stessa corda, la stessa maniglia, due persone adesso possono finalmente leggersi nel pensiero e contare in quanti sogni sono dovute, apparire quando sono state un indiano d'America, un soldato inglese, una schiava della Costa d'Avorio, la sposa triste di un imperatore, un imperatore, prima di arrivare al momento in cui il destino non li avrebbe più abbandonati.

Cosa significano il tempo, l'attesa, mi ha chiesto, cosa sono per te? Noi siamo minuscoli ingranaggi di un disegno molto grande. Davvero molto grande. Il mio amore non lo senti? Mi ha fatto un discorso molto lungo sul tempo che somigliava a una scusa.

L'ho interrotto per chiedergli se avvertisse anche lui il passaggio da corpo a corpo di quei contenuti splendenti, i contenuti privi di immagini. Nel magazzino della libreria, appoggiati al montacarichi, un bacio poteva durare anche due giorni. Era l'alba. Infine il sole tramontava.

Avevo accompagnato Bianca a chiedere un finanziamento. Indossavamo abiti eleganti, appoggiate a una scrivania grigia, due distinte signore, intorno a noi molti uomini in cravatta e dietro, irraggiungibile, una montagna di soldi chiusa nella cassaforte. Abbiamo sentito una risata stridula, un ghigno in falsetto e non capivamo se provenisse dalla bancaria o se si propagasse dal nulla. Io mi sono spaventata, Bianca ha riso e non abbiamo fatto una buona impressione, somigliavamo a due perditempo in cerca di soldi per costruire nuove piume per gli uccelli o una macchina che capovolge l'emisfero australe in emisfero boreale.

Rientrata a casa Lorenzo mi ha fatto una sorpresa, usciti nuovamente dalla dimensione paranormale è comparso al videocitofono, ho visto un ciuffo di capelli neri. Sei tu? In che luogo, a che ora finirà tutto? Ha provato ad abbracciarmi ma di me era rimasto solo il battito cardiaco, inospitale. Per fermare l'ansia di solito fingo indifferenza, per fingere indifferenza mi metto nei panni di una persona razionale. Cosa ti dà? Ti fa stare bene?

Ho preparato una tisana, l'abbiamo bevuta parlando di lui. I suoi occhi si erano innamorati di me. Non riuscivamo a formulare che poche frasi, mi sono alzata per mettere fine a quella conversazione fumosa, invece Lorenzo mi ha baciato. Mi guardava per dirmi qualcosa. Ama me, la persiana.

Lorenzo era a favore dell'energia sensuale perfetta. Ho temuto fosse uno di quegli uomini che ti si lanciano addosso, che ti spostano le gambe sul collo. Parlava a bassa voce, si muoveva poco, mi guardava negli occhi, non li ha chiusi mai. Io l'ho fatto una sola volta poi li ho riaperti e ho guardato le mie mani, al centro la zona rosso rubino era infuocata. Ho intravisto il mio stomaco avvicinarsi al suo, o forse si trattava del fegato, del lobo frontale, non so.

Abbiamo fatto l'amore ma la pienezza restava inafferrabile, più immateriale, lontana dalla simulazione fisica di essere tutt'uno, un chiarore di lucine, la pace dell'ombra, il roveto di more che si attorciglia, che non si scioglie, che non si lascia attraversare. Ci siamo ignorati per qualche settimana perché covavo un risentimento inspiegabile, non gli credevo. Per creare distacco imitavo la sua tecnica di tacere a proposito, con cortesia.

A yoga mi rifiutavo di fare le posizioni invertite, il maestro mi diceva che dovevo credere in me. Ma io non credevo agli altri. Bianca mi ha detto che ero ambigua almeno quanto lui. Quando ascolto le opinioni degli altri mi sento infelice ma finisco per credere a loro, almeno per qualche giorno. C'erano uomini che mi invitavano a cena, mi raccontavano di volersi impegnare, parlavano di relazioni serie. Ma a me non piaceva mai nessuno. Impegnare dove, mi chiedevo. Sapere che i posti sicuri sono astratti.

Un giorno Lorenzo ha rotto il silenzio, mi ha regalato un filo da mettere al collo a cui erano appesi una piccola sfera di vetro, un pezzo di stoffa rossa, una perlina. Nel biglietto c'era scritto *Il calore, già, era dentro o fuori?*

Mi rannicchiavo sul divano e gli domandavo quali fossero le conseguenze dell'ineffabile, rispondeva che smettere di cercare la luce è la luce.

Da qualche tempo dormivo con le finestre aperte, l'alba mi svegliava e mi potevo affacciare a guardare il cielo. Mi riaddormentavo ascoltando i rumori della città. Quando c'era il temporale, sentivo la pioggia cadere sul tetto, i tuoni. Una mattina sono uscita alle sei per cercare un bar aperto, le strade erano azzurre, mi sentivo felice solo per questo.

Facevamo discorsi che scivolavano nell'assurdo dopo poche parole. Abbiamo compilato un manifesto dell'impossibile.

Contro chi siamo?

A favore di tutto.

Chissà che ora è in quella parte di mondo dove c'è chi aspetta una gattina nera, c'è chi penzola su un filo tra dentro e fuori, in equilibrio, c'è chi scrive una parola perché ne ha solo una, lì dove nevica sempre, si accendono fuochi, c'è chi sparge parole come semi di tarassaco al vento, c'è chi smonta l'universo, rovescia misteri, c'è chi di notte prega, chi accende piccole luci, c'è chi ha i capelli lunghi e bianchi e l'incanto delle foreste, delle ferite. C'è Philippe Petit che compie la traversata delle torri gemelle su un cavo di acciaio. Sparire e tornare da lontano. E poi i resti, tenere solo i resti, gli avanzi del batticuore, quando il battito cerca di stabilizzarsi, nello scarto tra una soluzione e qualcuno che piange, lì dove è tutto slegato.

Lorenzo mi ha invitato a cena, erano giorni di nichilismo spietato per me, dopo il suo invito ho ripreso a credere a tutto. Nell'emisfero in cui era iniziato il disgelo invece, io e Lorenzo ci incontravamo sempre. Ho suonato il campanello prendendo decisioni sul mio futuro. Ci siamo trovati sdraiati sul pavimento, la luce al neon ci illuminava di blu. Ogni sua parola promuoveva una sfida. Facciamo che tu leggi e io piango, oppure io scrivo e tu mi guardi, io mangio e tu parli, tu guidi e io dormo. Uscivo da casa sua all'alba, le ore e il cielo vagavano scomposti, si condensavano per disporre divinazioni che non capivo. Non rispondeva al telefono anche per giorni, era fatto così, per fare male o per essere sincero. Non ci riuscivamo a staccare dal peggio che ci potevamo dare, un'affezione incontrollabile alle origini, la propensione alle lacune. Poi più in basso, sotto la superficie delle risposte a tutto, inconfondibili si scorgevano le radici.

Una sera l'ho trovato davanti casa, fumava a testa china, fingeva di non avermi visto arrivare. Mi ha sottoposto d'un fiato il contratto della nostra relazione. Non eravamo fidanzati, ci frequentavamo ma rimanevamo liberi, non avevamo nessun obbligo, ci incontravamo quando ne avevamo voglia. Ero felice perché accadeva qualcosa di orribile che avrebbe per un momento tolto di mezzo diffidenza e luoghi comuni sull'amore. Ho pensato al mio cane, nell'urna azzurra che conteneva le sue ceneri ho trovato anche dei frammenti di ossa, un ciuffo di pelo riposto in un sacchetto chiuso da una rosa di stoffa e le placche che gli avevano messo in un intervento, quando si era rotto le gambe. Dopo l'anestesia che precedeva l'eutanasia – ormai non camminava più – ha avuto una crisi epilettica che io ho osservato con distacco, lo guardavo tremare, sbavare e rimanevo in piedi, davanti a lui, aspettando che le convulsioni finissero. Eppure ero in pena. I sensi di colpa congelano l'empatia, se sono arrivata a farti sopprimere non posso permettermi di piangere perché muori male. L'istinto salva sempre noi per primi, abbiamo una buona parola per ogni nostra intenzione contorta.

Mi fermavo solo davanti alla malinconia di Lorenzo; uscivo ogni volta che mi invitava, lo trattavo male e poi bene, mi trattava male e poi bene. Lo proteggevo. Tornando a casa dal lavoro lo offendevo a bassa voce, scomponevo l'orgoglio in reazioni primarie e dopo poche combinazioni non rimaneva più nessuna ombra. Aspettavo che un silenzio composto si facesse strada tra noi, avrei voluto che la mia assenza lo addolorasse tanto da dissolvere ogni traccia di ritrosia, di sadismo dozzinale. Come scusa bisbigliavo da sola sai, è un periodo un po' particolare per me. Ma lui era fermo nello stesso luogo, il luogo da cui allungava la mano, oltre lo spazio e il tempo, così determinato da somigliare a una cura.

Come sai se una persona possiede la luce, se possiede almeno la luce?

Lo so e basta.

Lettera a Lucia

Quando ero piccola partivo con i nonni per le vacanze estive, erano i lunghi periodi in montagna e al mare senza di voi. Aspettavo per settimane le vostre visite, cantavo *Romagna mia* prima di dormire, ripetevo le strofe al contrario. Sono sempre stata melodrammatica e però divertente. Ti ho aspettata di continuo, anche quando eravamo vicine. La mia volontà di essere cattolica da piccola, tutto quel pregare che facevo accanto alle aiuole, era senza dubbio un modo educato per suggerire che si vivesse come in quelle famiglie dove si trova calore. Tua madre si mostrava infastidita dalle mie attese, quando mi sentiva impaziente trovava una scusa per sgridarmi, e al tuo arrivo dissimulava bene la gelosia scomparendo in cucina. Ricordo il rumore secco del portacipria usato poco prima di andartene, chiusa in bagno cantavi sottovoce mentre io ti aspettavo nascosta dietro le tende. Scendeva uno di quei tramonti perenni che illuminava la casa di azzurro piombo, una nebbia leggera sulle cose che rimanevano.

Non tolleravi la tristezza e ancor di più non tolleravi di esserne la causa. Avevi cura di te prima di averne di chiunque altro, mi avrai forse tenuto lontana per questo.

Quando mi avventavo sul piatto piena di fame, dopo essermi arrampicata sugli alberi per tutto il giorno, intenta a raccontarti di aver costruito una capanna nel bosco sul ramo più alto, così da renderti orgogliosa di me o da essere io stessa fiera di me in qualche modo, mi guardavi sovrappensiero.

"Non devi mai far capire a nessuno di avere così tanta fame, Maria."

Mi toglievi il piatto e mi facevi aspettare seduta a tavola che tutti finissero di mangiare, per poi ripropormi l'arrosto quando la rabbia aveva sostituito la fame. Controllavi che mangiassi composta, mi scostavi i gomiti dal tavolo, prendevi la mano sinistra e la posavi accanto al piatto spiegandomi che è necessario avanzare sempre del cibo, in segno di superbia.

Da un po' di tempo guardavo con nostalgia alle luci della città, qualcosa da cui mi sentivo esclusa. Abitavo in collina e sognavo il brusio delle strade, l'odore dell'asfalto quando piove, i locali con le voci sguaiate. Della città amavo i palazzi antichi e le luci sempre accese, dormire mentre qualcuno è sveglio, i muri vecchi che sanno di muffa, scendere in pigiama a fare colazione, innamorarmi per strada, le luci di Natale, attraversare le piazze di corsa, gli appartamenti uno sopra l'altro, vicini.

Cercavo casa in un quartiere alle porte del centro storico, un rione dai muri scrostati dove mi sembrava esserci poesia. Difficile capire come in una zona di una città del nord est si potesse concentrare tanta umanità diversa, immigrati, studenti, radical chic, alternativi e poi centri sociali, negozi di manioca e riso, parrucchieri afro, qualcosa che lasciava ben sperare e che metteva addosso una gran nostalgia degli anni '70 e degli ideali covati mentre si leggevano i mistici indiani.

Ho aspettato Lorenzo tutto il pomeriggio, avevamo appuntamento alle due per andare a vedere una casa, alle quattro ho provato a uscire ma sono tornata indietro. Mi sono emozionata per ogni macchina che passava. Si era addormentato, al telefono gli ho fatto un discorso sull'inaffidabilità, gli spiegavo di come anche dietro ai suoi gesti si nascondessero bile nera e pulsioni. Con me non attacca, ha risposto. Ci siamo visti la sera, essere saldi nei propositi di distacco dovrebbe procurare piacere altrimenti si cede alla strategia di miglioramento forzato, al delirio dell'orgoglio, fare a meno di qualcuno quando è molto più interessante stare con lui che resistergli.

Davanti al portone della nuova casa mi era presa una timidezza insolita, ho suonato un campanello a caso evitando i cognomi stranieri, non so se per pregiudizio o per comodità di comprensione. Ha risposto un signore con la voce assonnata, gli ho chiesto informazioni sull'appartamento sfitto ma non ne sapeva niente, è rimasto in silenzio alla cornetta, lo sentivo respirare. Credevo stesse riflettendo, invece dopo poco ha riattaccato.

A volte mi chiedo se i miei piedi si muoveranno ancora. E poi cammino.

Ho suonato alla famiglia Sikiki, pur considerando le due k un impedimento. Il portone custodiva un androne buio pieno di biciclette e conduceva in una corte antica, disordinata, che somigliava a un giardino e non lo era. C'erano un nespolo, delle ortensie, qualche rampicante che si allungava su un muretto di pietra. L'esterno era sovraesposto, brillante. C'era lo spettro di un palazzo un tempo fastoso, il piano nobile che cadeva a pezzi, le finestre rosicchiate, gli affreschi sbiaditi. Considero una fortuna che il comune investa poco su certe zone, lo stabile era invecchiato senza restauri conservativi. Le ristrutturazioni in provincia vanno tutte a finire in design, linee e superfici lisce, marmo e vetro, muri antichi messi in evidenza a spicchi all'interno di una distesa di spatolato color crema.

La casa della famiglia Sikiki profumava di peperoni e Dixan, tra le mura aleggiava una cura minuziosa e sconsolata. Sul piano trasparente della credenza era sistemato un cigno di ceramica enorme, impossibile nella sua grandezza, madreperlato. Ci siamo seduti su un divano disposto a semicerchio, davanti a una televisione molto grande. Una bambina strabica, sovrappeso e troppo nervosa si mostrava disgustata all'idea che volessi trasferirmi lì. Quello che per noi è fascino per una porta antica, per un arco sgangherato toccato da tutte le mani dal 1650, per qualcuno è una casa fatiscente che crolla a pezzi e parla della sua povertà. Le mie buone maniere inorgoglivano Gelana e lasciavano i suoi figli esterrefatti, non sapevo come muovermi, un ragazzo mi fissava le tette, la madre dava l'impressione di stare molto male. Si percepiva un'atmosfera di rabbia ineluttabile. Amina, la figlia più grande, aveva gli occhi cupi, un corpo perfetto, profumava di qualcosa di sintetico, rosa legnosa o essenza di muschio e sudore, non parlava con nessuno. Il fratello più piccolo raccontava che l'inquilino dell'appartamento che volevo vedere stava con due donne e le trattava male.

Non le amava?

Le amava tutte e due.

La dimensione del tempo sembrava falsata, sovrapposta ai desideri, al cibo. Temevo che la famiglia Sikiki potesse disfarsi, che la madre non riuscisse più a stare dietro a niente e che i bambini si ammalassero, si perdessero. L'empatia è fatta di ansia, proiezioni, invadenza.

Arfan continuava a parlare, molto bello Arfan, un viso da farabutto, da figlio prediletto nato per caso in una famiglia del Kosovo, una reincarnazione di troppo o un accudimento materno da favorito avrebbero potuto trasformare la legge del clan in quella dell'estasi occidentale. Si capiva bene che era il prescelto, l'intera famiglia gli sacrificava ogni personale aspirazione in vista dell'integrazione, della ricchezza e di una carta di soggiorno.

Amir somigliava a una scimmia, il violento in famiglia era senz'altro lui. Sembrava disprezzarmi ma si rivolgeva a me con educazione. Salivava molto, faticava a tenere la schiuma in bocca, mi raccontava che quei tre stavano insieme e che le donne litigavano spesso, una delle due a volte se ne andava e tornava dopo qualche giorno. Nella famiglia Sikiki sadismo e libido erano diventate una questione identitaria, una sorta di regressione, un guscio primitivo.

La madre ha chiesto ad Amina di prenderle il telefono, intanto si toglieva qualcosa dai denti con la lingua, ma la figlia non si è alzata. Le è arrivato un calcio, una botta forte da romperle qualche osso.

In cortile ho fermato una signora, mi ricordava una paziente del dottor Orlando, una donna con cui parlavo volentieri e che mi sembrava ormai guarita. Si era buttata dalla finestra una notte che ero di turno in comunità. L'educatrice che mi sostituiva al mattino, leggendo le tre pagine che avevo riempito sul quaderno delle consegne, mi aveva ricordato di quando, dopo un delirio di Valentina, in uno dei suoi contatti privilegiati con Dio, avevo suggerito di appendere nella sala comune i quadri dipinti durante le apparizioni. Sosteneva che dando rilievo a quella produzione delirante, avrei solo avvalorato le sue convinzioni. Mi chiedevo come, con una laurea in psicologia, fossimo arrivati a stabilire che Dio non poteva presentarsi al cospetto di un paziente psichiatrico.

Giovanna teneva in mano un piccione, voleva raccontarmi la storia di quell'uccello ma io la conoscevo già. Da ragazzina raccattavo ogni tipo di animale, mi arrampicavo sugli alberi per salvare un gatto che dormiva sui rami, adottavo un cane che era scappato, nonostante le cure del padrone, salvavo rondini che stavano morendo di vecchiaia, mi prendevo cura di uccellini caduti dal nido che stavano imparando a volare sorvegliati dalla madre.

Mi ha detto quel piccione volerà, come te. Non amavo quel tipo di attenzioni spirituali fatte di abbracci interminabili, sensibilità invadenti, fraterne, compassionevoli. Le esternazioni d'affetto tra sconosciuti mi riportavano alla mente i disagi ormonali, il sudore, il decadentismo.

Nella corte c'era molta pace, mi costringevo a trattare quel momento come la semplice ricerca di una casa di cui avrei dovuto valutare la metratura, il prezzo, lo stato del palazzo, il vicinato, la vista sul giardino incolto ma continuava a venirmi in gola la felicità, una gioia fonda, simile alla nostalgia, ai giorni senza dolore.

Il dottor Lisi non vedeva di buon occhio nemmeno il mio trasloco, pensava che fuggissi, ne abbiamo discusso per mesi.

Ma ci sarà davvero qualcosa da capire nelle persone?

Nei telefilm americani tutti vogliono avere ragione e litigano agitando le mani mentre io ne facevo un dramma irrisolvibile. Cercavo il punto esatto in cui le sue convinzioni sarebbero franate. Osservavo la caduta e lo rimettevo in piedi, al suo posto. Con due dita lo spingevo, lo facevo precipitare, lo salvavo, mi mostravo compassionevole, lo affossavo di nuovo.

La sera si posava sulla città un dio che aveva le fattezze di un genio, appoggiava i gomiti sulle case, si guardava attorno, socchiudeva gli occhi, li riapriva e se ne andava.

Io e Lorenzo abbiamo cenato in un ristorante, panorama delizioso, buon vino, tovaglie bianche, candele. Ogni volta credo di essermi abituata alla raffinatezza priva di gusto dei ristoranti, all'eleganza anonima, ma poi i nomignoli delle pietanze mi indispettiscono, così come gli abbinamenti arditi e in contrapposizione, ordino un piatto a caso e mi coglie il disfattismo. Finita la cena mi ha fatto cenno di seguirlo, camminava veloce verso l'uscita e poi ha iniziato a correre, siamo scappati senza pagare. Non smetteva di ridere, a casa mi ha parlato dei rumori piccolissimi, mi ha mostrato le apparecchiature trovate nelle soffitte, accanto ai cassonetti, con cui era solito registrarli. Eravamo di nuovo così distanti, a spalle dritte. Osservavo indifesa il ripetersi fuori tempo di utopie relazionali dove la libertà si decide a parole, con un patto.

Tutta la tenacia del mondo confluisce in Cina, tra le acque di un piccolo ruscello dove Huang Po compila frasi sull'azione senza sforzo. Il cosmo ci parla, in che luogo preciso, a quale orecchio. Nei casi delicati, i casi dell'ordine sparso, dell'assenza di verità, le prove chiare durano solo una notte. Ci andavo piano con Lorenzo, da un lato mi resisteva, dall'altro sembrava così spaventato. L'amore incondizionato è l'aspetto più puro di ogni mistica, i reparti psichiatrici ospitano persone che credono di averne in mano indizi lucenti e posizionano le piramidi dei Ferrero Rocher sotto al letto per catturare il bene, per la connessione con il cosmo. Per rimanere equanimi verso le cose che accadono serve concentrarsi sui movimenti piccoli, saper maneggiare il setaccio che trattiene solo quello che resiste. Qualcuno crede ancora che la tenacia rappresenti un pregio.

Lettera a Lucia

Sono cresciuta piena di buone maniere e di poesia, ma non abbastanza forte per non sentire l'orrore di questa vita, per non provare paura. I materialisti mi distraggono dai frammenti di luce. Migliorano l'esistenza, misurano coincidenze, schematizzano gli eventi accidentali e così facendo offuscano la delicatezza dei fenomeni incomprensibili.

Un numero troppo alto di ricercatori consapevoli ha tolto di mezzo le cause sconosciute.

Le scorie sono state nascoste nello spazio.

Ma dov'eri quando invadevano l'Europa?

Lo avevi capito bene tu che hai amato solo ciò che era immotivato. Non sopportavi che si soffrisse troppo, né che si mostrasse freddezza o si eccedesse nelle dimostrazioni d'affetto. Amavi le manifestazioni ambigue, furiose e pacate. La violenza trattenuta di fronte a stimoli insopportabili, resistere fingendo di mostrarsi deboli. Un gioco di proporzione che non mi è mai riuscito.

Chi non è stato troppo amato prova con ostinazione a risultare inadatto, per questo il giorno che hai trovato uno dei miei scritti meno bello degli altri ho smesso di scrivere e sono andata avanti così, a fare scelte che rinnegavo dopo poco, a sciogliermi i capelli e riannodarli seguendo alla lettera anche il più distratto dei tuoi commenti. Mi è sembrato di stare meglio solo quando ho pensato che ognuno fa nella vita una cosa più di altre, ciascuno la propria. Non so che utilità abbiano le continue dediche, la monografia di intenti, ma l'ho constatato studiando l'esistenza di tutti, insieme alla mia. Io ho avuto in vita il compito di amarti.

All'orizzonte i covoni di fieno della maremma, il sole tramonta sulla paglia, sono seduta su un cavallo bianco, non mi sono mai alzata da lì e lì non sono mai stata, i piedi non raggiungono le staffe, le colline girano veloci in un vortice, siamo felici più di tutti, eccentrici e regali, il battesimo della mia natura selvatica, i bambini al posto dei bambini; era questo il momento di riparare. Il perdono si occupa dell'imperdonabile, vuole sconfiggere l'eternità dei gesti che cambiano le direzioni, ma non lo può fare.

Ci sono persone che non posso avvicinare, esse sono educate, sono innocue, eppure mi procurano un'avversione inspiegabile. Accade così ad esempio con il signore che mi porta l'acqua. Sono io a chiamarlo, lui è cortese, lascia le bottiglie in corridoio, lo pago e se ne va, ma quando suona il campanello provo un disagio indicibile e desidero non rispondergli. Ogni volta che lo aspetto, dal fondo della piccola caverna arriva una vocina malmostosa, dice non aprirgli mai più. Accadeva lo stesso con l'agente immobiliare che gestiva la locazione della casa in cui volevo traslocare, profumava di bergamotto e spezie, l'alito di menta piperita e indossava delle cravatte rosa molto grandi sui completi gessati. Le scarpe lucide facevano di lui un'entità fuori luogo considerando la cascina dove vivevo e il terreno dissestato su cui poggiavano i suoi mocassini. Quando mi telefonava mi innervosivo e non gli rispondevo, avevo bisogno di essere calma per poter sentire la sua voce.

Ha trovato molti difetti alla casa che volevo mettesse in affitto, la lontananza dal centro abitato, il garage troppo piccolo, la caldaia a legna, il contesto bucolico ma scomodo. Lo stesso pomeriggio siamo andati a vedere l'appartamento in città, seguivo la sua macchina, l'agente immobiliare mi guidava e io potevo stare al sicuro almeno per un'ora. Un'ora in cui le cose sarebbero andate secondo il geometra, consulente immobiliare profumato, dai pensieri lineari. Gli ho chiesto di firmare subito il contratto ma lui si è mostrato scandalizzato, era abituato a discutere per settimane sul prezzo, all'adrenalina delle contrattazioni, alla diffidenza.

Con Lorenzo da qualche tempo parlavamo delle creature minuscole, insetti, muschi, pianeti nascosti, gli esseri dimenticati. A volte scriveva delle parole su alcuni pezzi di cartone, saliva in collina e le lasciava cadere a valle. Scriveva sto, do, fa con l'accento. A lui interessava il tempo confuso, oziare mentre si è concentrati a capire, distrarsi dal fuoco delle disamine mentre tu lo circoscrivi. L'inconscio lo annoiava, gli piaceva la mistica del carattere.

In biologia la comparsa della membrana che separa fisicamente tutte le cellule dal mondo esterno è vista come il passaggio più importante per l'origine della vita. La distanza, ciò che permette di potersi avvicinare al mondo con una certa protezione.

Lorenzo mi sembrava soddisfatto delle nostre parole, le confezionavo di notte, andavano cotte a lungo e versate in un vasetto trasparente, chiuse con un tappo ermetico e poi lasciate raffreddare. La mattina erano pronte, avevano il colore delle fragole e un sapore indicibile.

Una sera è passato a trovarmi senza avvisare, gli scatoloni del trasloco ingombravano la casa, ne ha aperto uno da cui spuntava un vecchio astuccio di pelle arancione che mi aveva fatto Franco, lo ha stretto tra le mani e ha chiuso gli occhi. Un po' enfatico, ho pensato. Credevo mi stesse immaginando da piccola, ma lui pensava a mio padre. Un uomo che si mette a tagliare la pelle, a cercare la fibbia, a fare a mano venti inserti per le tue matite, diceva. Capivo che Lorenzo soffriva di una malinconia senza forma, il disincanto, nel buio da cui si teneva distante potevo vedere in modo distinto la sua solitudine. Non mi sfuggiva quanto fosse stato amato, le persone che hanno ricevuto amore si riconoscono perché possono fare a meno di tutto. Riuscivo a capire come le sue idee bizzarre lo avessero fatto sentire estraneo alle persone, era questo il tipo di assenza di cui aveva sofferto. Gli interessavo perché riconosceva in me una corrispondenza perfetta. Ha scoperto una sua mancanza quando si è accorto che ero in grado di amare inesorabilmente, le scintille che penetrano metalli e strutture in muratura, come lui le chiamava. Emarginato dai compagni e preferito a loro dagli adulti, un piccolo innesto di uomo che tradisce gli amici per assecondare la paura di sentirsi estraneo a tutto. Eppure, cosa importava?

L'interpretazione delle intenzioni non cambia il corso delle cose che accadono. Con l'inconscio, così come con la mistica, con gli incantesimi, non accade che se li sveli poi qualcosa cambia. Avevo tenuto come unica teoria l'animismo, tutto si animava ma senza clamore. Caro Lacan, mi chiedevo, se la domanda d'amore è una domanda sulla mancanza, la domanda d'amore è essa stessa amore?

Ho appoggiato l'ultimo scatolone a terra, conteneva una pianta religiosa presa all'Ikea, una felce che non muore mai perché cresciuta in un capannone senza luce, e il Buddha fatto con un calco di gesso. Avevo anche tutto il resto, lo sbuccia patate, il divano rosso, i materassi, le lenzuola. Ho lasciato scorrere l'acqua del lavandino in cucina fingendo che il nuovo appartamento mi piacesse molto. Ho sistemato i vasi sulla mensola e ho appeso le bamboline cinesi alla maniglia della porta; arancio, rosso e rosa, avevo scelto questi colori per la muta. Ho dato da bere alla felce, ho chiuso l'acqua, l'ho riaperta, provavo a non piangere.

Quando sono triste me ne vado per un po'. Nel cortile gli inquilini senegalesi davano una festa, mi sono seduta a fumare fuori dalla porta, non alzavo gli occhi per non essere costretta alla convivialità. Vivevano in otto in un bilocale grande al massimo sessanta metri quadri. Non ho mai amato i convenevoli, le feste, preferisco la solitudine, non mi fa sentire in colpa.

Se non è meglio dire: ho paura di tutto.

Mi sono ritrovata in mano un piatto pieno di cibo rosso, frattaglie di pesce e sostanze molli e nere, lische, lumache o piccoli diavoli carbonizzati, molluschi, un naso di drago. Aveva lo stesso sapore della cucina di mia nonna. Con Djibi abbiamo parlato per molto tempo degli ingredienti del Ceebu Jen, delle fasi di preparazione, come in una meditazione senza pretese. Il cielo accennava un temporale, nuvole nere, lampi gialli, Djibi ha detto qualcosa che non ho capito e ha riso per molto tempo. Finché rideva ho fatto così tanti pensieri, almeno trenta, e poi li ho persi tutti.

Respira, soffia, chiudi gli occhi, l'inconscio somiglia alla fantasia.

Da qualche tempo ero riuscita a dare alle mie giornate una fluidità estrema, ero felice per questo. Lasciavo le cose accadere, mi fermavo solo quando provavo un interesse insistente. Non facevo mai il primo passo, difficilmente mi avvicinavo a qualcuno. Non sapevo chiedere, non sapevo andare per gradi. Un tempo il corteggiamento durava anni, assecondava l'incertezza dell'amore. Gli appassionati di karma parlano con cognizione delle vite passate ma sembrano non essere interessati a quelle che stiamo trascorrendo nel futuro.

Quella sera Giovanna era seduta in cucina, aspettava il suo fidanzato. In tanta veggenza, dopo anni trascorsi a leggere i movimenti del cielo, si era persa d'amore per Moussa, l'incostante. Moussa arrivava sempre in ritardo o non arrivava per niente. Giovanna era in pena, quando è entrato ha spostato la sedia per farlo accomodare mentre lui aveva già preso posto vicino a me. Quella storia sarebbe stata da chiudere subito, lo si capiva bene, e chissà invece quanto sarebbe durata. A volte vogliamo solo che qualcuno ci tenga, a volte qualcuno sente il bisogno di tormentare il nostro cuore.

Arrivavano ondate continue di minuscoli segni, come se dopo aver aperto un sentiero nel bosco e aver passato un inverno a fare legna, dopo averla trasportata per mesi arrampicandomi con calma, senza pensare a dove l'avrei portata, se fosse troppo pesante, se ce ne fosse abbastanza, trascinandola con pazienza in questo nulla perfetto, silenzioso, attraversato dalla nebbia, la neve, e dopo averla tagliata, sistemata nella legnaia, il fuoco si accendesse da solo.

Con Lorenzo siamo andati a vedere una mostra al piccolo museo vicino a casa, un museo sempre vuoto che espone quadri di medio valore. Mi sono emozionata davanti a un dipinto e ho pianto, sentivo il profumo della mia casa d'infanzia, rivedevo il rosa nuvoloso dei miei pensieri, minuscoli e maestosi. Risucchiata nella tela con il rimmel colato sulle guance, vagavo nella macchia blu, levitavo su una foglia a forma di cuore. Lo sguardo sempre più raffinato, selettivo, e poi lo spaesamento lo si prova davanti a un quadro qualunque. Lui era vicino a me, marziale, guardava da un'altra parte. Ha cercato qualcosa in tasca, mi ha passato il biglietto della mostra e mi ha chiesto di firmarlo, sopra c'era scritto *qui Maria si è emozionata molto e io con lei.*

Quando mi ha detto che non era sempre in grado di fare quello che prometteva, prendere o lasciare, l'ho cacciato di casa. Per questo o perché gli avevo chiesto di precisare su quali basi poggiasse la sua avversione alle relazioni. Ha fatto un discorso approssimativo sull'inutilità di delegare a qualcuno i nostri sentimenti. C'è un preciso momento in cui le nevrosi degli altri diventano noiose.

Guardavo la mia casa da fuori, mi allontanavo per la visione d'insieme ma continuavo a essere distratta dai particolari, ho tolto il vaso di gerani dal davanzale e l'ho nascosto dietro la porta. Le imposte dell'appartamento dei ragazzi senegalesi erano chiuse. Giovanna era in vacanza al villaggio azzurro, non si capiva in quale paese si trovasse questo villaggio, se al mare o in montagna, si sapeva solo che lì c'erano le strutture ecologiche e si viveva di baratto. Avevo delle rivelazioni da fare ma tutti dormivano.

Bianca ha telefonato per raccontarmi che aveva confuso lo specchietto retrovisore con quello parabolico e aveva fatto un incidente. Dietro non c'era nessuno, per strada passava un furgone e lei era partita. Sai cosa mi ha detto? Guarda avanti o va' a piedi, vecchia rincoglionita.

Lorenzo tornava sempre. Quando si torna è vero amore? Io non ne so niente delle dinamiche di coppia, credo solo agli angeli, al cielo, ai sentimenti sovversivi.

Una sera mangiavamo del cioccolato, lo avevo spezzato in piccoli quadretti, gli porgevo la ciotola e lui mi parlava delle strutture in fil di ferro che aveva sistemato in giardino per fingere che fosse abitato, si trattava di case per le presenze vive del bosco. Ero rannicchiata sul divano, tenevo un cuscino a delimitare la mia metà, c'era del grigio nell'aria quella sera, grigio e risentimento. Osservavo il naso di Lorenzo, i suoi peli radi, lui mi massaggiava i piedi e sbadigliava, con l'altra mano armeggiava con il telefono, rispondeva alle mail, rideva guardando lo schermo, non mi ascoltava, così me ne sono andata.

Cosa esiste togliendo quello che non serve? A me piace dubitare a bassa voce, nello stupore, chiudendo tra le mani una cosa piccola, il respiro lento, nulla davanti, nulla dietro, tutto è semplice o non c'è.

Che poi era autunno. Sono passata davanti al gingko, le foglie cadevano buone, una discesa lenta, spietata. Mia madre vuole che io sparga qui le sue ceneri, sotto un albero secolare nella piazza più frequentata della città. L'ultima prova, dover scavare di notte in pieno centro e disperdere i suoi resti cercando di non farmi scoprire. Vediamo quanto mi ami. Mi sono seduta su una panchina per osservare quanta gente passava di lì la notte. Un tempo, quando la chioma dell'albero diventava gialla, raccoglievo una foglia da mettere in un libro ma non lo faccio più, mi stanco di tutto.

Lorenzo mi ha mandato un messaggio, non dava peso alle mie sfuriate, si concentrava solo sullo svanire degli animali nel bosco prima di una tempesta, su alcune coincidenze, sul battere d'ali degli uccelli al tramonto, sulle ali che non battono più quando ormai è notte. Piace molto alle donne, in libreria si forma sempre un accrocco di sorrisi attorno a lui, seni rotondi, colleghe con le spalle dritte che sorseggiano una tisana e hanno la pelle liscia, le idee chiare. In quelle occasioni resto in disparte, cerco di aggrapparmi a una sensazione di benessere e mi fingo distante, altezzosa.

Mi aspettava sotto casa, ho cominciato a credere che si stesse innamorando, lo trovavo insopportabile, noioso, presente. Il lavandino era pieno di piatti sporchi, avrei voluto essere una persona che riordina, che appende i mestoli. Temevo che essere stata arrabbiata per troppi anni mi avesse fatto ammalare. Un tumore allo stomaco, i noduli, il cuore che non regge, allora prendevo un appuntamento con la mia dottoressa che parlava sempre sottovoce, aveva sulla scrivania una piramide che mandava luci arcobaleno, trovava le mie analisi perfette e io mi sentivo una scampata. Finita la visita ero così sollevata da credere che la mia aspirazione a diventare una flâneuse si sarebbe realizzata presto. Pensando alla dottoressa, alla gioia che mi assaliva quando mi diceva che la mia vita non era in pericolo, sono riuscita a improvvisare una chiacchierata brillante con Lorenzo che semplicemente stava, era davanti a me, forse rifletteva sulle onde luminose. Gli ho chiesto se qualche volta si annoiasse, mi ha risposto che gli capitava di rado. Gli ho proposto di andare a Venezia, immaginavo che mi sarei ricordata con commozione di quella sera con lui a Cannaregio, le costellazioni sulla laguna divina, lì dove tutto accade, ci baciavamo sotto il temporale. Ma non è voluto partire.

Ho sempre desiderato non avere bisogno di nessuno, davvero e non per orgoglio. Poter decidere di passare i miei giorni a leggere, essere perfettamente sana, di mente, di corpo, raggomitolata su una poltrona, elegante, con una coperta di lana sulle gambe, le luci basse, un infuso da sorseggiare posato sul tavolino, il telefono spento, nessuna aspettativa.

Riflettevo sulle persone dall'infanzia felice, quelle a cui le difese hanno sempre funzionato e che non si capacitano dei cortocircuiti dell'altro. Credono di rimanere spiazzate dall'insensatezza di certi movimenti dell'inconscio, riconoscono invece lì qualcosa di familiare. Chi è originale, chi ha paura di salire su un treno, chi salva i piccioni, chi crede di essere sempre malato, chi vive un amore immaginario, chi sviene quando vede partire un aereo, consente all'altro di accedere all'insondabile senza riconoscerlo come proprio. Una piccola fortuna. È dunque una presenza generosa la sua, se volessimo soppesare il tipo di scambio con un'unità di misura scelta a caso nel sistema dell'universo. Un luogo comune per sognatori, il bisogno di fascinazione.

Là fuori intanto fanno un gran parlare di *jouissance*. Un chiacchierio continuo.

Lettera a Lucia

Nelle notti senza stelle compaiono nuvole nere in ogni dove nel cielo, ho paura che sotto al letto ci sia qualcuno che vuole rapirmi, che ti vuole male. Io qui sto bene, non ti sentire in colpa, non pensare più a niente.

Non riesco a uscire di casa, non capisco chi mi inimicherei nel caso lo facessi. Se potessi aiutarmi a risolvere una tale assurdità, te lo chiedo per favore. Non ho bisogno di perdonarti perché non mi hai fatto niente.

Da qualche giorno quando faccio colazione avverto un buon presagio, qualcosa che ha a che fare con la vastità del bene inesauribile.

Papà si sente meglio, puoi stare tranquilla. Vieni a trovarmi, mi annoio molto senza di te. Penso troppo in questi giorni, affari che non mi riguardano. Mi è chiaro ora che le cause del destino degli esseri umani inseguono solo certe intuizioni, si diviene angeli dopo averle capite. Sto facendo una cura, cercano di inculcarmi pensieri che non sono miei.

Mi manchi.

Mi mancano i giorni in cui facevi tutto tu. So di non averti ascoltato, di essere stata egoista. Adesso non ho che pochi desideri e so aspettare.

Da qualche tempo frequento una persona molto strana, un dottore, l'ho fatto solo per ricevere dedizione e un tornaconto sentimentale. Sono sincera con lui e in cambio ottengo alcune verità.

Emilia e Giulia sono partite per il mare, le immagino sdraiate sotto il sole, arrabbiate. Giulia con il rossetto rosso anche in spiaggia e Emilia che tiene le spalle curve per nascondere il seno.

Le notti in cui mi sento sola, quando non resisto più alle dediche, quando ne ho compilate davvero troppe, rileggo i tuoi diari.

Non ci sei mai.

Mi capita di confondere odio e amore, o capita all'odio e all'amore di confondersi, non so.

Ho lasciato che la tua pianta morisse, mi mancava il concime e non l'ho comprato per anni.

Quando riesco a odiarti temo che tu possa morire. A volte afferro un bicchiere di latte e rimane sospeso in aria, nessuna mano lo tiene. Ho dei poteri che non vorrei avere, li tengo nascosti, nessuno ne sa niente, lo dico solo a te.

Mi siedo tutti i giorni in pasticceria per fingere di essere socievole. Non ho più barriere tra dentro e fuori, nessuna interruzione tra il mio corpo e gli dei. Chissà se sono nata con la propensione alla magia per poi diventare così imperfetta o se è accaduto il contrario.

Nessuno parla più di metafisica, non so se l'hai notato.

Quando ho visto che non saresti arrivata nemmeno oggi, sono andata a nuotare per provare un piacere immediato nel minor tempo possibile. Poi la nonna ha cucinato il mio piatto preferito, mi ha sistemato i capelli, il nonno mi guardava e aveva gli occhi lucidi. Mi sembrano preoccupati per me, dovresti chiamarli.

Che poi c'era un vento strano e infatti ho sentito una macchina arrivare. Forse è Lucia, ho pensato. Sei la protagonista dei miei presagi, la sorpresa. Sono a un passo dalla verità, in una confusione senza cura. Nei giorni senza te sembra impossibile che possano esistere i significati nascosti.

Avevo una passione per Amina, mi piaceva perché era scontrosa, una bugiarda malfidente, una che pretendeva il suo risarcimento. A vent'anni fumava già molto, chissà da quante vite era donna, talmente tante da provarne noia. Al contrario dei genitori, andava fiera delle proprie origini ma non voleva sembrare una straniera. La fuga della famiglia Sikiki dal Kosovo, quando Amina aveva da poco compiuto due anni, aveva fatto crescere in loro un'agguerrita ambivalenza, un conflitto di desideri rincorsi con svogliato accanimento, svogliati gli stessi desideri perché irraggiungibili. Erano pieni di richieste, di sogni inattuabili, di strategie illegali per portare a termine la giornata. Non tolleravano l'attesa e ogni giorno imbastivano la realizzazione di un sogno e vi si dedicavano con una tenacia che li rendeva sempre troppo nervosi e che si risolveva il più delle volte in liti esasperate in cui volavano bottiglie, sberle e pugni. Amina prendeva molte di queste sberle.

Vivevano circondati dalla diffidenza di provincia. Erano musulmani ma non nel cuore, disattendevano i precetti della fede islamica per non mentire mai alla legge del clan. Per loro contavano solo l'uomo e la donna, l'istinto della madre e la legge del padre. Gelana, aveva i pensieri condizionati dalla paranoia, viveva nel terrore che i figli prendessero una cattiva strada. La paura era il suo intuito.

Amina non andava più a scuola, il suo futuro era già segnato da secoli, cura dei capelli, sensualità, danza del ventre e in premio un buon marito. I suoi giorni erano vuoti e fiacchi, fumava sui gradini davanti a casa e si dedicava alle cure di bellezza con indolenza. Non poteva uscire, avere amici, tagliarsi i capelli, mettere lo smalto. Ma in occasione di una festa, di quelle in cui noleggiavano un capannone e assoldavano un'orchestra turca con la tastiera e la danzatrice bionda, si poteva agghindare come le piaceva. In quei giorni le donne annodavano i capelli con la carta igienica per fare i boccoli, gli uomini caricavano sulla macchina le bibite e i dolci fatti dalla mamma e telefonavano urlando per strada. Le feste erano un'occasione per trovare marito, la famiglia esponeva il ben di dio e partivano le contrattazioni. Amina saliva sui tavoli di plastica e ballava tutta notte disegnando con i fianchi un otto perfetto. Di lei si invaghivano i ladri e gli scemi.

Ci siamo frequentate per un inverno, mi leggeva i fondi di caffè e io le suggerivo i messaggi da mandare ai fidanzati. Si alzava la maglietta per farmi vedere la pancia oppure si strizzava le cosce per mostrarmi la cellulite. Amina picchiava tutti, le amiche, le ragazze che avvicinavano i suoi fidanzati, le sorelle, i fidanzati, le donne che le rubavano il posto davanti alla chiesa per l'elemosina.

I Sikiki, ciascuno secondo necessità, suonavano alla mia porta a ogni ora, chiedevano farmaci, sostegno, consigli.

Elsa, la piccola, era la più fragile, un passo falso e l'avrei ferita. Ogni tanto la invitavo a fare merenda, era molto educata, sedeva composta, i piedi non arrivavano a terra, teneva le gambe unite, la schiena dritta e sorrideva, cercava di non fare rumore con la bocca quando beveva. Capitava che le chiedessi di andarsene, quando usciva dalla porta mi sentivo in colpa, la richiamavo e le domandavo se stesse bene.

Una sera Elsa ha tanto insistito con la madre che Gelana è dovuta uscire in pigiama per venire a invitarmi a cena. Non ho trovato una scusa per rifiutare, le ho chiesto se potevo portare qualcosa, ha detto che lei aveva già tutto.

Anche a me non manca niente.

Abbiamo cenato davanti alla televisione, le loro voci si sovrapponevano, parlavano tutti insieme, in ciabatte, a torso nudo, mangiavano con gli occhi fissi sullo schermo. Ero così in apprensione per degli sconosciuti. Finita la cena abbiamo continuato a guardare la televisione seduti sul divano, Gelana mi ha esposto i drammi familiari, la disoccupazione, il marito agli arresti domiciliari perché trafugava clandestini nel bagagliaio, il figlio sposato che si metteva nei guai e tutti i soldi dati a Arfan per lo studio, per uscire la sera con gli amici, per i regali di san Valentino alla fidanzata italiana. A bassa voce mi ha chiesto di trovarle un lavoro.

Eppure a volte quello che detestiamo ci protegge.

Il dottor Lisi scorgeva una corrispondenza tra me e la famiglia Sikiki, soprattutto in alcune condotte deviate o eccentriche come rubare un rossetto al supermercato o indirizzare i pensieri su qualcuno, come mi capitava di fare da ragazzina. Il nostro incontro invece mi aveva dato conferma, quasi si trattasse di un segno, che il cambiamento, quello radicale, è inattuabile. Quando accoglievo Elsa in casa, cercavo di compensare la disparità che spetta a certe esistenze maldestre. Ma non mi facevo troppe domande, qualcuno suonava il campanello e io aprivo la porta.

Secondo il mio analista chi ruba è un ladro, perseguibile dalla legge, e chi si appassiona di metafisica è un sognatore delirante. Quando gli ho esposto la mia teoria sulla predestinazione ha sospeso le interpretazioni immerso nella densità delle sue certezze, in attesa che mi dessi anche della ladra.

Ho provato a non fermare la rabbia, a non cercare una reazione più alta, più forte e la rabbia è scomparsa, osservavo me e il dottor Lisi impegnati a cambiare il corso degli eventi, disordinati.

All'improvviso non ho più sopportato la vicinanza con la famiglia Sikiki, ho avuto loro notizie leggendo il giornale, Arfan, il fratello prescelto dal karma d'occidente, era stato arrestato per aver estorto duecentomila euro all'amante della sorella. Gli telefonava di notte fingendo di essere lo spirito del padre per convincerlo a prestargli dei soldi, pena la perdita di Amina. Andrea gli aveva consegnato tutti i risparmi e poi i cugini lo avevano convinto a sporgere denuncia.

Vedevo passare Andrea quando andava a trovare Amina, le persone scomposte mi commuovono molto. Aveva i baffi ben affilati che scendevano sul pizzetto in perfetto stile biker, un fisico muscoloso, piedi lunghi e ventre pronunciato. Portava solo magliette a maniche corte che arrotolava sulle spalle, cinturone di cuoio, borchie e stivali western. Sulle braccia erano tatuati un serpente e un'àncora, anche se il mare Andrea non l'aveva mai visto. Viveva con la mamma, una signora molto ricca e ormai anziana. Tutti lo prendevano in giro in quartiere ma fin da ragazzino aveva imparato a non curarsene, passava i suoi pomeriggi da solo girando in motorino, fingeva di avere degli amici, suonava il clacson e salutava qualcuno agitando il braccio ma nessuno rispondeva.

Il dottor Lisi quando ha saputo dell'arresto di Arfan mi ha chiesto se finalmente convenissi con lui che i truffatori prima o poi finiscono in galera. Non faceva differenza tra chi ruba un rossetto al supermercato e chi fa una rapina in banca, vedeva tutti i ladri accomunati dalla stessa ingordigia di chi è stato amato male.

Nel bosco, era notte, le 23.30 e un blu fondo, elettrico, i fili ad alta tensione a interrompere le stelle. La rugiada sui pungitopo e poi ciclamini, muschio e alberi ovunque. Nel cielo solo rami alti e foglie.

Quando ero troppo inquieta io e mio padre fumavamo fino a notte fonda, cercavamo il modo di lasciare il dottor Lisi senza infrangere nessun patto. Alcune persone stanno bene per anni e poi all'improvviso impazziscono, gli dicevo, ripercorrendo la loro vita i medici trovano importanti indizi trascurati.

In certe notti insonni scrivevo una lettera al mio uomo ideale, la rileggevo molte volte, la correggevo e la mettevo in una busta. Dovresti riservare agli altri la stessa pazienza che riservi a te.

Colette era una pessima madre, la figlia Bel Gazou ha sofferto molto. Dopo aver letto il loro carteggio ho tolto tutti i suoi romanzi dalla libreria. Ho sottolineato ogni riga del libro, leggevo a mio padre le lettere più tristi.

Sei un po' tragica, mi diceva. A scrivere però era Bel Gazou, non io.

Il giorno che ho creduto di essere rimasta incinta il dottor Lisi si è mostrato molto allarmato. Lo preoccupava soprattutto che fossi felice. Siamo rimasti in silenzio per buona parte della seduta come conviene ai lutti, alle tragedie. Non mi considerava ancora abbastanza equilibrata per accudire un figlio. Immaginava il grande albero genealogico delle coazioni a ripetere illuminarsi di un'altra casella, il figlio della maga e del cialtrone metafisico. Mi ha parlato della pillola abortiva, conosceva un medico giapponese con studio a Zurigo che avrebbe potuto prescrivermela. Come se ogni cosa dipendesse da lui, nascere felici oppure sfortunati, avere un padre sognatore o alpinista.

Nel tragitto verso casa immaginavo di spingerlo in un burrone. L'impeto violento passava e restava di me il cervello espanso, saturo di collegamenti, un cervello allineato, in ordine.

Il test di gravidanza è risultato negativo, la cautela porta un surrealista alla depressione.

Fantasticavo di irrompere nel suo studio e rovesciare le poltroncine liberty.

Lorenzo mi ha telefonato per raccontarmi che davanti a lui c'erano due che si baciavano, noiosi. Gli sembrava che salivassero molto. Gli ho detto che non aspettavamo un bambino e lui non ha risposto niente.

Per accrescere la bellezza e contrastare le entità cosmologiche infernali compravo delle candele al nocciolo, al sandalo, al coriandolo, le accendevo in casa e chiedevo a Bianca: non è tutto meraviglioso?

Le giornate trascorrevano lente, un vuoto ad altissimo potenziale mistico. Ma io lo riempivo.

Nell'inconsistenza della verità, nella sacralità del mistero del futuro, di come siamo stati, di come diventeremo, nessuno dovrebbe predire che tipo di madre saremo. Si sopporta troppo, si ascoltano discorsi che non agganciano mai le cose e si pazienta, si concede al linguaggio di arrancare su un significato e ci si accontenta, ci si sistema tra le proiezioni del fidanzato, in silenzio.

Mi sono versata un bicchiere di campari di prima mattina, poi molti altri. Sognavo di abbandonare una bambina nella culla, non mi accorgevo che stava piangendo, dimenticavo di darle da mangiare, uscivo di casa lasciandola sola. Tornavo dopo ore e lei continuava ad amarmi. Un sogno patetico e però commovente, ho pensato nel dormiveglia.

Mi ha svegliato il campanello di casa, ho sceso le scale barcollando, davanti alla porta ho trovato mio padre e mia madre, ho distolto lo sguardo e l'ho posato sullo stipite per capire dove eravamo rimasti. Le mani di mio padre si tenevano una con l'altra e stavano sospese vicino alla pancia, quelle di mia madre scendevano a penzoloni lungo il corpo. Era già buio. Facevano suonare da un'ora campanello e telefono, quel giorno c'era il funerale di zia Dora ma nessuno di noi ci era andato, loro non vedendomi arrivare in chiesa mi sono venuti a cercare mentre io ero prossima al coma etilico. Sono svenuta dopo le prime lacrime di Lucia.

Hanno chiamato un amico, un medico anziano, era di poche parole come quando la situazione è grave. Le frasi che mi sono piaciute di più:
sei scissa come tutti
hai delle occhiaie spaventose
quando qualcuno parla di te devi essere d'accordo o contraddirlo
tua madre sta cantando.

Lettera a Lucia

Vorrei toglierti tutte le paure, spremermi i polmoni e regalarti quello che esce, i soffi vitali. Spero che tu stia bene. Mi preoccupa la tua salute, se ti gira la testa, se sei arrabbiata per qualcosa che non ho fatto, che ho fatto. Spero mi scuserai. Ho il raffreddore e mi fa male un po' sotto le costole. A volte temo di morire. Cara mamma, se potessi venire a vedere il mio saggio di teatro sarei così felice. Ma non vorrei ti prendessi un malanno per colpa mia, che ti girasse la testa in quel posto pieno di gente.

A volte invidio i genitori delle mie amiche, non mi odiare per questo.

Piove. Mi sembra agosto ma non c'è il sole e infatti è dicembre, il mio mese preferito.

A che ora, in che giorno avremo pace?

Vedrai come sono bella. Sono così bella, mi pare, che potresti andare fiera di me, portarmi alle feste, al ristorante. Ho sempre creduto che il fatto di somigliare a papà, con questo naso schiacciato, gli occhi troppo grandi, non ti piacesse.

Mangia piccola mia, prometti che diventerai più alta di me.

Quando descrivevi i tratti affilati del viso di zia Dora, i nasi piccoli della tua famiglia, facendo con le dita un gesto che finiva a punta nell'aria, sapevo che non mi avresti mai trovato abbastanza bella. Ho preso così a essere simpatica per avere dei complimenti a qualunque costo.

Emilia e Giulia stamattina non si parlavano, erano arrabbiate. Giulia non ha mangiato, Emilia guardava fuori dalla vetrina. Avrei voluto avvicinarmi e dirle all'orecchio che c'era della meraviglia un po' ovunque, anche per lei, ma non ho troppo coraggio, sono stanca, stanca come se fosse il momento di morire.

Mi sono svegliata senza il dottor Lisi, dopo pochi giorni lo avevo già relegato tra le persone importanti della mia vita, detestate e amate, qualcuno di cui conservare il ricordo ma da tenere distante, le sue interpretazioni mi erano del tutto estranee, come qualcosa letto in un libro che non appassiona abbastanza. Compravo giornali che non leggevo, mangiavo cibo di pessima qualità e la notte scrivevo poesie molto tristi. Camminavo per casa prestando grande attenzione ai pensieri, ero animata da una serietà molto vicina alla delusione, severa, solenne. A dire il vero temevo di perdere la ragione. Avevo smesso quasi subito di ricordare i sogni, di notte scomparivo in un luogo lontano, oltre l'inconscio, tra le presenze gentili. Percorrevo tutto il bosco come una furia per arrivare sul ciglio di un burrone e lanciare nel vuoto i rami e le pigne. Lo offendevo di continuo. L'analisi aveva cristallizzato la mia diffidenza, lì dove tutte le persone, al pari nostro, si stanno proteggendo da millenni. Ogni tanto buttavo una tazza a terra, faceva un rumore bellissimo.

Una mattina ho tirato un calcio al termosifone, alle persone arrabbiate cresce un altro cuore. La parete era di cartongesso, il tubo a cui era agganciata la valvola era sprofondato dentro al muro, restava un buco, ho grattato l'intonaco e ho guardato dentro. La casa era vuota, le piante di papiro non bevevano da giorni e assorbivano luce, le tazze spaiate sulla mensola non mi ricordavano niente. Forse la bellezza non è nulla se non ci associ un ricordo, oppure questo vale solo per le cose belle in modo mediocre. La vastità interiore paragonata all'estasi di sentire delle mani toccarti la schiena la chiamo Non ancora.

Attraversata dall'apocalisse, passavo le ore a guardare il muro o la lavastoviglie o il cielo, chissà se piove chissà se c'è il sole. I libri impolverati, la televisione sempre accesa, cappuccini, pane e salame. Era tempo di una rivoluzione. Indossavo un pigiama che non lavavo da settimane, avevo i capelli rasati a zero e uno sguardo inquietante. Cercavo in rete la lista dei sintomi della depressione, ne uscivano elenchi lunghi molte pagine ma non mi riconoscevo che in poche frasi. Le diagnosi danno l'idea di come l'uomo non possa resistere zitto di fronte all'indicibile.

Guardavo la lavastoviglie e sbucciavo una mela, mi alzavo, mi sedevo di nuovo. Per fortuna fumavo, riponevo molte aspettative nella sigaretta appena accesa, credevo che qualcosa sarebbe cambiato. Raggiunto il filtro tornavo in me, le premonizioni sconfitte, le spalle dritte, le occhiaie viola.

Sdraiata sul divano, il doppio mento si piegava in tre, era difficile perfino respirare. Il momento prima di mangiare un panino con salame alle nove di mattina è un momento di grande onnipotenza, a metà panino la nausea, i sensi di colpa, la stupidità della fame senza fame trasformano la bulimia in nichilismo. Ho camminato senza meta dandomi una meta nel caso passeggiare a vuoto mi spaventasse. Sono entrata subito in un bar, il cameriere sembrava un uomo spiritoso, era basso, aveva un viso interessante. Ho provato a farmelo piacere, guardavo le sue sopracciglia, c'erano dei peli più lunghi, erano folte al centro e poi si curvavano con grazia. Cercavo qualcuno da sostituire a Lorenzo, una persona attenta, presente, perché temevo di fare la fine di un'eroina romantica che passa la vita a sospirare per un uomo che non avrà mai. Alle pareti erano appesi dei quadri punk, uomini e donne con la bocca dipinta di nero e una stella rossa sugli occhi stringevano a denti stretti una catena, ne usciva un ghigno forzato che non faceva paura. Il locale aveva un arredamento vintage, era una cioccolateria, le pareti sovversive erano fuori luogo, arte relegata a sfondo sbadato.

La bellezza in compenso non ama tutti.

Sono uscita per fumare una sigaretta, mi sentivo felice per questo, rimanevo ferma davanti al bar per dare una parvenza di continuità ai miei spostamenti. Credevo di avere molte soluzioni alle cose che non riuscivano mentre aspiravo le prime boccate. Finita la sigaretta, le cose che non riuscivano non mi interessavano più. Rientrata nel bar ho bevuto un altro cappuccino e ho pianto. La coppia che mi sedeva vicino mi ha guardato preoccupata e poi ha fatto finta di niente. Ho preso i fazzoletti dal portatovaglioli, erano lucidi e non assorbivano, a dire che per le questioni organiche serve autonomia. Non ho mai comprato dei fazzoletti di carta o forse una volta ne ho comprati centomila e poi sono finiti. Ho aperto il giornale, non succedeva mai niente nella piccola provincia, arte parrocchiale, commedie mediocri, scaramucce minuscole. Piccole mostre dove vengono esposti mille bozzetti e un solo quadro di Giacomo Balla. Rientrata a casa mi sono fermata a guardare le stanze, la luce azzurra si posava sugli oggetti, sembrava l'appartamento di qualcuno che non c'era, di una persona partita da molto tempo. Poi la quiete, come se tutto fosse a posto.

Bianca mi aveva invitato a cena, ho pianto per tutto il viaggio smettendo ai semafori. Con il rimmel colato sulle guance aspettavo il verde senza scompormi, attendevo di ripartire con buone maniere, alzavo la radio o fingevo di parlare al telefono. Il suo appartamento sapeva di pipì di gatto e vaniglia, ci siamo sedute per terra, cercavo di stapparmi le orecchie, il primo organo messo fuori uso dall'ansia. Speravo che mi confortasse con un discorso nuovo, qualcosa che non avevo mai sentito, Bianca che ha sempre paura. Con le puntine da disegno aveva attaccato delle tende arancioni alle finestre, prestava grande attenzione alla luce giusta, eravamo dentro a un papavero. Io e Bianca non ci abbracciamo mai perché appena ci tocchiamo tutta la stanchezza trattenuta prova a caderci addosso. Senza il dottor Lisi temevo di ammalarmi. Bianca mi ha ricordato l'immagine del diamante che si rompe sempre secondo linee predefinite, in quel preciso modo e in nessun altro.

Ho acceso una sigaretta piena di aspettative, confondevo senso e piacere.

Bianca ha sistemato un cuscino sul divano, ha tirato fuori una coperta e l'ha posata ben piegata sullo schienale.

Il dolore richiede contenimento, inganni sulla memoria, valutazioni di singoli minuti e un lavoro complesso di negazione e ammissioni parziali. Fumavo, non mi aspettavo niente e difatti stavo meglio. Rimanevo immobile, non succedeva nulla ma non mi dispiaceva, le dita tenevano una sigaretta che non mi voleva accontentare, il cielo sembrava più lontano.

Dormire in casa d'altri mentre qualcuno è sveglio è quasi una felicità. Nel dormiveglia cercavo il pensiero più semplice che avevo, provavo a togliere ancora qualcosa ma il sonno non mi lasciava entrare.

Bianca ha acceso la televisione, guardavamo un telefilm, disegnavo la sua faccia su un foglio, gli occhi somigliavano a una *boule de neige*, si muovevano a caso nello spazio bianco, bellissimi. Era stanca, si è appoggiata allo schienale del divano e ha incrociato le mani dietro la testa, ha accavallato le gambe guardando il soffitto. Il dolore degli altri è spossante. Poi c'è l'amore.

Aveva una goccia che le scendeva dal naso, gli occhi guardavano in due direzioni diverse, sembravano sistemati di lato. Disegnavo Bianca con le ali da insetto. Alla tv mandavano una pubblicità progresso, poi è arrivata quella di una macchina che andava dappertutto, neve, ghiaccio, deserto, correva su una musica allegra e la carrozzeria brillava. Le idiozie mi rasserenano da sempre. Bianca è andata in cucina a lavare i piatti, da sola avevo paura, ho alzato il volume della televisione per resistere, ero autonoma ma abbastanza triste.

Guardare la vita degli altri dalla finestra mi teneva molto occupata, un impegno imponente. Lasciavo che il tempo si svuotasse, mi defilavo da tutto, non cercavo nessuno, non prendevo decisioni e osservavo cosa accadeva.

Ho iniziato a guardare per venti minuti al giorno la fiamma di una candela.

Altri tentativi: abbracciare gli alberi come faceva Lucia, camminare all'indietro ripetendo una parola inventata, nascondere in tasca degli amuleti.

I pensieri ritornavano.

A volte si odia qualcuno.

Un taoista sorriderebbe perché sa che tutto cade nel mondo, come le foglie, tutto è a suo modo naturale, e ciò che è innaturale appassirà naturalmente.

Ci si impegna per buona parte degli anni a servire le pretese dell'evoluzione, a staccarsi da ciò che si è stati, per poi arrivare dopo molte elezioni comunali, fidanzati, matrimoni, ideali, a riconoscere e apprezzare la mistica dei nostri geni. Il cambiamento perde nel confronto con il selvatico. Nella cultura della serenità scorgo un pregiudizio fastidioso verso quello che di noi è più sacro, l'origine, lo stampo, l'irrimediabile.

Volevo capire se ascoltando musica i pensieri si sarebbero fermati. Chissà come si fa a restare sospesi, mi domandavo, cercavo un modo per calmare i nervi che non fosse camminare tutto il giorno per casa.

Mi telefonavano preoccupati, dove sei stata Maria? Le amiche volevano prendere con me degli aperitivi, andare al cinema, ma io rifiutavo inventando scuse che mi sminuivano.

Sognavo di diventare una persona che sta bene da sola. Come patologia, dovendo scegliere, avrei preferito l'asocialità.

Frequentavo un gruppo di meditazione ma saltavo quasi tutti gli incontri. Tenendo gli occhi chiusi per un'ora mi si allargava un vuoto nello stomaco e non capivo se fosse fame o mancanza. Il patto era di non nascondermi niente, lo tenevo in piedi da un mese. Ad esempio avevo un'aspirazione, seguire un'alimentazione sana. Non ci riuscivo. Solo cereali integrali, niente zucchero, poche proteine animali, legumi e verdure. Dopo qualche giorno mi chiedevo se non si nascondesse una protesta integralista anche dietro l'alimentazione macrobiotica e ci rinunciavo.

Avere la luna in Pesci significa reagire con sensibilità, compassione, empatia e idealizzazione, periodi di sogni a occhi aperti lo aiutano nella tranquillità emotiva. L'individuo ha bisogno di un senso di fusione col mondo per essere a posto con se stesso. Si sente sicuro quando serve l'umanità o un principio spirituale.

Per addormentarmi guardavo solo sciocchezze in televisione, fino a quando non trovavo un programma abbastanza stupido non riuscivo a prendere sonno. Erano materni Benedetta Parodi, Sex and the city, i programmi di cucina, le serie tv dove nessuno muore. Le risate finte in sottofondo mi tenevano sveglia.

Giovanna mi ha chiamato dal balcone, voleva mostrarmi un nuovo ospite, un gatto grasso e nervoso che aggrediva tutti. Mi ha invitato da lei, la sua casa era bianca e piena di fuoco, candele, conchiglie, piccioni sgraziati e piccoli altari pagani possedevano tutti la stessa sacralità. C'era un continuo viavai di donne innamorate, deluse, donne che speravano. Abbiamo parlato di Saturno e della morte di tutte le cose. Mi ha offerto del tè nero e i biscotti alle mandorle, mi ha fatto scegliere tre conchiglie, le predizioni erano però così imprecise, vaghe. Desideravo avere tutto quello che vedevo e toccavo, Giovanna come madre, la sua dispensa, il gatto zoppo, la rondine senza un occhio, le candele, la fede in qualcosa. Il tempo di fare le scale e non credevo più a niente.

Lettera a Lucia
Quando eravamo chiuse a uovo nella distanza siderale di te inaccessibile e di me che mi avvicinavo, non avevo paura di niente.

È indispensabile stare lontane, patire l'assenza? Ho raccolto dei fiori quel giorno che credevo venissi a trovarmi, anemoni rosa, certo un po' volgari per i tuoi gusti ma mi piacevano.

Mi chiedo se non si possa tornare indietro, cancellare la lontananza e ricominciare da quando non eri insofferente verso il mio carattere vivace. Ho aspettato per molto tempo che ci potessimo di nuovo fidare, mi sembra stiano scadendo i giorni della dedizione e che stiano iniziando quelli del rancore perenne. Se potessi venire a trovarmi prima dell'accadimento dell'irreversibile sarebbe meglio.

Ho riletto una vecchia lettera, te l'avevo scritta quando ero in vacanza. Ci giravamo intorno come i pianeti.

Oggi sono andata a vedere il mare lontano, non quello dove abbiamo l'ombrellone. La nonna ha portato le cotolette, le lasagne al forno e il tè freddo. Abbiamo riso del nonno che non si toglieva i calzini nemmeno in riva al mare. Il mare lontano è bellissimo, mi sono emozionata e infatti ho combinato molti guai. Ho fatto male a un bambino che giocava con me e sono stata maleducata con la nonna, più volte. Le conseguenze saranno che in questa spiaggia non ci verremo più se non quando arrivi tu che mi sai tenere a bada. Allora vieni presto così ti faccio scoprire un posto dove si possono raccogliere le conchiglie. Ci sono anche quelle molto grandi. Così mi potrai trattenere, se mi capiterà di esagerare e fare disastri. Non mi so fermare.

Nelle sere senza stelle ho paura perché non so più dove sei, se le guardo e so che anche tu le guardi, tutte le magie che conosci mi sembrano ancora possibili.

Prima magia: domani mi vieni a prendere.

Seconda magia: correre più veloce di tutti.

Terza magia: avere il naso di zia Dora.

Quarta magia: non essere più arrabbiata.

Dici che le mie parole ti fanno sentire in colpa, mammina non vorrei mai rimproverarti. Desidero che tu guarisca presto. Voglio solo dirti che è scaduta la mia pazienza perché sento salire una rabbia che non so fermare. Per questo ho sempre fretta di vederti.

Scusa se non ti do ragione ma ho paura perché siamo alla fine dell'impossibilità nell'assenza di amore. Da oggi non ti scriverò più, dovrai cercarmi per anni, dovrai soffrire perché non ti rispondo e piangere per come ti tratterò. Le stratificazioni di mancanza sono confluite nella mia rivolta contro di te. Ma ci ameremo per sempre, solo che non si capirà. Non ci sarà dato sapere quanto amore, se continuo o altalenante. Dovrò andare lontano e poi ritornare. Dovrai soffrire e fingere di non avere colpe. Dovrai odiarmi e desiderare di non vedermi.

Nella comunità del dottor Orlando ricordo che la cuoca non preparava il soffritto con sufficiente cura, come se agli psicotici si potesse dare da mangiare qualsiasi cosa, lo scalogno lesso. Avevo paura di sbagliare a contare le gocce di Serenase, buttavo nel cestino decine di bicchierini di plastica. I pazienti venivano presi in giro se mangiavano troppo. Durante il turno di notte a volte scomparivo in un sonno profondo e non li sentivo bussare alla porta, mi confortava dormire mentre qualcuno era sveglio. Gli ospiti della clinica allo sbaraglio, senza sigarette, in preda alla libertà maniacale.

Lorenzo aveva ripreso a telefonarmi ogni giorno, sono riuscita a non rispondere per due settimane.

Siamo usciti, passeggiavamo ed era inverno; mi sembra di essere a Parigi, gli ho detto. Negli anni è stato molto infelice, poi è guarito considerando la perfezione dell'Universo. Un pensiero difficile per me. Aveva letto alcuni testi illuminanti. Parlavamo di predestinazione e di come sembrasse in quiete il mondo guardato dal bosco. Improvvisavamo dei riti alla luce delle candele, quando la stagione lo consentiva e non c'era troppo freddo ci immergevamo nell'acqua del fiume.

Tutte cose senza un significato preciso.

Ci baciavamo poi lui andava a casa perché non mi piaceva dormire con qualcuno.

Abbiamo abolito alcune proteine animali e il sadismo.

Lorenzo si è appassionato di astronomia, pensava che ci fossero delle attinenze con me, mi diceva sei rarefatta. Senza il dottor Lisi avevo un buco in ogni organo interno e temevo di disfarmi mentre attraversavo un ponte o guidavo la macchina.

Tutte le mie idee però si sono rifondate in poco tempo, il mio impalpabile contenuto interno, saranno forse onde. Fuori era freddo, era un inverno maestoso. Avevo chiesto a Lorenzo se poteva occuparsi della mia gatta un fine settimana, quando sono rientrata gli ho scritto per ringraziarlo.

Non ho nemmeno il tempo di fare pipì salata su acqua salata di Marte. Ma amo Lea, uno degli scopi attuali di vita per cui è un piacere darle da mangiare e non un peso. La sera il vento soffia strisce d'argento sui rami. Da lontano una civetta canta dolci parole d'infanzia.

Aveva risposto così. Chissà a chi sta parlando, ho pensato. Riconoscere il proprio destino perché gli si resiste.

Lettera a Lucia
Sono quasi una flâneuse.
Il taoismo mi toglie la paura di morire.
Assonanze: la mamma, l'universo.
Ti chiedevo di passare insieme un giorno in casa senza mai uscire, mi accontentavi ma stavi molte ore al telefono o andavi a riposare. Prendevo la tua stanchezza come un affronto. Un pomeriggio ho aspettato che ti svegliassi seduta davanti alla porta della camera. Cosa ci fai qui? E abbiamo cucinato una torta. Dove lo trovo quello che è successo davvero? Negli archivi degli avvenimenti.
La ricerca del colpevole è un imbarbarimento che mal si addice a una flâneuse.
La sciatteria della tristezza non mi è mai dispiaciuta, è un'esperienza dai confini imprecisi, contiene un po' di mistica e un po' di morte. Da anni cerco di migliorare, di invertire almeno il ritmo veglia sonno. Miglioro il mio carattere, progredisco professionalmente, lavoro sulla mia natura collerica, faccio

buone letture, alimento la mia compassione. Si arriva a essere migliori in condizioni pietose. Mi sembra che quando ci si ubriacava in quei locali ricoperti di mattonelle umide, si toccassero nodi più interessanti dell'esistenza.

Dell'esterno mi interessano poche cose, la volta celeste, le librerie, la città deserta di notte, gli sconosciuti, il vento, le nuvole che ricordano i cieli dell'infanzia, pieni di esseri angelici.

Per eccesso di nostalgia ci stiamo riempiendo le case di vecchie sedie del cinema, sgabelli mangiati dai topi, divani in velluto macchiati di cynar. Ma è impossibile tornare indietro.

Quando vagavo per troppo tempo attorno ai pensieri sulle armonie celesti, mi ritraevo per la paura del vuoto, come se non fosse mai possibile consacrarmi a un unico punto di vista. Mi aggrappavo alle immagini concrete, una teiera, una federa di lino, i miei libri. Mi chiedevo ma tu vuoi davvero passare la vita sotto un fico a gambe incrociate? Mi rannicchiavo sul divano e domandavo a Lorenzo quali fossero le conseguenze dell'ineffabile, rispondeva che pensare alle conseguenze ci avrebbe allontanato dalla grazia. C'è invece un piccolo gioco di misura da compiere al cospetto delle forme minime luminose che somiglia agli esercizi in cui in piedi, a occhi chiusi, provi a coincidere con una simmetria del corpo immaginaria e individui un asse attorno a cui aderire. La rivelazione per me è arrivata dopo il secondo test di gravidanza, questa volta positivo. Il suo cuore aveva già iniziato a battere.

Lorenzo mi ha fatto giurare di non nominare più il dottor Lisi ma nell'inconscio si preparava la condanna insidiosa, il tarlo sfibrante, di notte mi

tornava in mente la sua strana predizione. Ero certa
che se fossimo arrivati indenni all'adolescenza, io e
mio figlio saremmo stati fuori pericolo. Hanno deciso che ci sono alcune età in cui le probabilità di
scompensarsi sono maggiori. L'adolescenza, la maturità.
Alcuni eventi, più critici di altri, momenti in cui si
impazzisce meglio, gli equinozi, la laurea, il divorzio,
il tradimento. La morte di un figlio. Gli assegnano
un numero, il primo posto.

Il cerchio massimo di stelle conviveva con il
terrore medievale di una maledizione.

Lorenzo mi telefonava tutti i giorni, cucinava
per me e mi accompagnava a fare le ecografie alla
pancia. Durante le ecografie si commuoveva, si slac-
ciava i polsini della camicia, arrotolava le maniche e
stava a braccia incrociate a guardare il monitor senza
asciugarsi le lacrime, lunare.

Ci sono delle pietre piccole che luccicano, ognuno
di noi ne può avere solo tre. Non servono a niente,
sono belle in modo normale, non hanno nessun potere,
possederle non significa essere migliori di altri. L'u-
nica loro particolarità è che sono poche e non se ne
possono avere che tre. Si trovano vicino a un fiume.

Quando uscivamo coprivo Nina con una trapunta di lana anche se era estate, Lorenzo mi prendeva in giro per questo, ma la sera mio padre constatava che le sue mani erano fredde. Se la mamma ha freddo i bambini escono vestiti come vivessero in Siberia, ridono i padri delle nostre attenzioni.

Nina non voleva dormire.

Da sempre, mi dicevano i sogni, è presente in te la paura di compiere un errore e che le conseguenze siano irreparabili.

Secondo alcuni studiosi il padre dovrebbe interrompere la fusione tra madre e figlio mettendosi in mezzo. Servirebbe ai bambini per affrontare il distacco e ai genitori per riavvicinarsi.

Lorenzo mi ha invitato nel bosco, mi ha guardato per un tempo impreciso e mi ha baciato sugli occhi, sui capelli. Mi ha regalato un anello antico in cui era incastonata un'agata ocellata, una perlina che proveniva dai secoli passati, una protezione. La magia delle pietre a occhio. Ha steso una coperta a terra e ha acceso una piccola lanterna, ci parlavamo nell'orecchio. I palmi delle mie mani scottavano, una macchia rossa illuminava la pelle. Lorenzo li ha raffreddati con dell'acqua, ha stretto le mie mani, se le è portate sul cuore, in testa. Le persone innamorate sono incomprensibili, enigmatiche.

Chissà perché il dottor Lisi aveva diagnosticato che non sarei stata una brava madre, siamo tutte così incapaci. Ai giardini studiavo il caso di una mamma severa, verso le diciassette per punizione aveva impedito al figlio di andare sull'altalena e aveva resistito imperturbabile fino alle diciannove. La sera a casa l'ho imitata, mi sono innervosita perché Nina non voleva tenere il ciuccio ma lei ha pianto per ore. Lorenzo rincasando ci ha trovato addormentate sul pavimento sopra una trapunta, tre ciucci buttati a terra e lo stereo che ripeteva in loop *Sapete come fa la birba del mio gatto*. Lorenzo era d'accordo con me, ci ha coperto e ci ha lasciato dormire. Una storia iniziata almeno quattrocento anni fa. La mattina mi faceva trovare sul cuscino una piccola scatola dentro cui aveva messo una bacca o dei petali, dei sassolini, altre volte mi regalava alcuni libri introvabili dai contenuti assurdi.

Arrivata Nina sulla terra lo scarto tra cosa e parola aveva perso la sua incolmabilità. Tutto combaciava.

La madre luce.

Ricordo che la prima notte in ospedale non l'ho sentita piangere, la vicina di letto mi ha svegliato e mi ha ordinato di cambiarle il pannolino. Lei aveva partorito il quarto figlio, durante le contrazioni supplicava il medico di chiuderle le tube, lo prendeva per il colletto bestemmiando.

Ero madre di nascosto dal dottor Lisi.

Quando è nata i miei familiari le si sono fatti intorno per darle il benvenuto mentre mio padre mi aspettava fuori dalla sala parto perché nessun medico parlava più di me.

Nei primi mesi di maternità le ore di appagamento si alternavano alle ore di inquietudine immotivata, lo svelamento dell'amore faceva da controcanto a un'estasi corporale, terrena. Dovevo fare attenzione a tutto. Ho coperto Nina che dormiva, facevo sogni in dormiveglia, tra conscio e inconscio non si attinge che a preoccupazioni, un senso di colpa di cui si era perso il ricordo, alcune emozioni che non credevi più di provare.

Ho visto Nina tremare, prima un occhio, poi il braccio, la bocca, delle piccole clonie a ritmo regolare. Da quanto tempo ha la febbre senza di me? Ma io non avevo mai dormito.

Ho pensato di consultare il manuale *Abbiamo un bambino*, invece l'avevo già caricata in macchina e guidavo verso il pronto soccorso suonando il clacson. Avrei dovuto chiamare l'ambulanza.

Suonavo il clacson su una strada deserta, Nina tremava nel trasportino legata con le cinture di sicu-

rezza, il suo sguardo era andato perduto. Ho avvisato
Lorenzo che quella notte aveva dormito chissà dove
dentro un forte, ci aspettava in ospedale, cercava di
tranquillizzarmi, sbadigliava, si stropicciava gli occhi,
ma gli tremavano le mani. È strano che un neonato
abbia la febbre, diceva il pediatra. Lorenzo ribatte-
va che poteva capitare. Lo diceva al pediatra. Che
non sarebbe successo niente di grave. Lo diceva a
me e al pediatra mentre camminava per il corridoio
con uno sguardo di vetro. Nei miei pensieri è arrivato un presagio di morte, elettrico come un delirio.
Quel giorno ho potuto scompensarmi alla maniera
che paventava il dottor Lisi, tutto ciò di cui si parla
infatti ci riguarda. Angelicandomi ogni gesto acquisiva
un senso nuovo, era scaramantico, era divinatorio. Di
grande rilievo i numeri, le dita e Dio, con le dita ad
esempio si possono tenere in mano le esistenze. In
queste occasioni è importante fuggire e ritornare, farlo
di continuo. Uscire dalla ragione e rientrare seguendo
passaggi molto veloci. Lorenzo mi guardava rapito
mentre me ne andavo dalla stanza e rientravo subito
dopo, incoraggiava i movimenti delle cose scomposte
ad abbandonarsi. Ci teneva in vita.

Quando mi fanno i tarocchi pesco sempre la carta
dell'Appeso. *L'Appeso viene covato, entra in gestazione
per far nascere il nuovo essere. Sospeso tra il Cielo e la
Terra, aspetta di nascere. Gli alberi sono piantati su due
zolle di terra verde tra cui c'è l'abisso nel quale l'Appeso*

cadrà quando il suo supplizio sarà compiuto e il sacrificio consumato; però se si rovescia la carta, sembra che le due zolle di terra verde siano le chiome degli alberi, quasi a indicare che l'uomo è un albero con le radici nel cielo. Mai come in questa carta è evidente che ciò che è in alto è come ciò che è in basso e viceversa.

I medici erano allarmati, facevano domande che somigliavano ad accuse. Chiedevo se Nina fosse in pericolo di vita, mi rispondevano che per ora non stava morendo ma che correva il rischio di non farcela. Mi domandavo se avessi abbastanza corpo per sostenere la sua morte, se avessi abbastanza gelatina cerebrale, fibre nervose. Nel DSM ad esempio alle tragedie viene assegnato un ordine.

Evento uno, morte di un figlio.

Evento due, morte del coniuge.

Evento tre, sentenza di carcerazione.

Evento quattro, morte di un familiare stretto.

Evento cinque, infedeltà del coniuge.

Ho ripreso a respirare solo quando ho capito che sarei morta anch'io. O che avrei passato il resto della vita a parlare alle cassette della posta. Avrei immaginato Nina come un angelo, la sua morte come necessaria per salvare l'umanità e avrei fondato un'associazione per promuovere il suo culto. Sarei stata paziente e magnanima con gli increduli e i cinici. Mi sarei ritenuta fortunata per aver partorito una profeta. Avrei indossato un cappotto lurido in agosto e messo l'ombretto verde smeraldo e il rossetto sbavato sugli angoli della bocca, un ventre enorme, le unghie gialle per la nicotina e un contatto diretto con Dio.

Non puoi pregare solo quando ne hai bisogno, adesso devi pazientare. Ricorda quando nei boschi alzavi gli occhi alle stelle e riconoscevi l'intero e inizia a farci caso di nuovo.

Era il 17 settembre da sempre, l'invisibile si rendeva nuovamente visibile, un colpo d'occhio indimenticabile sul tempo sospeso, il tempo che non avevamo capito. Intanto la scienza medica si adoperava per fare un prelievo al midollo spinale al fine di capire se Nina avesse la meningite. Sentivo Nina piangere piano, era nata avendo a cuore tutto.

La manderai al manicomio.

Bussavo alla porta dello studio, chiedevo se ci fosse bisogno di me ma mi facevano accomodare in sala d'aspetto. Ho guardato Lorenzo dopo chissà quanto tempo, mi ero scordata che esistesse. Aveva un'espressione smarrita che io ho scambiato per menefreghismo. Invece piangeva.

I peccati li so, si dividono in due categorie, più molte ramificazioni che tendono però con il tempo a confluire. Le due categorie sono reattiva o endogena. Guarda come sei ridotta, madre inetta che fai l'altezzosa con il migliore psicoanalista della città e poi ammali i figli. Ammali i figli di noncuranza, infetti i figli con la tua evanescenza.

Per fortuna le gambe si sono fatte carico di tutto e hanno cominciato a correre per le scale. I miei pensieri si sono sistemati sui vetri delle finestre come una condensa, un'onda imperfetta che appannava la vista. Scendevo le scale con lentezza teatrale parlando con Dio, le risalivo strisciando le braccia sul corrimano. Ma in profondità ci sarà davvero qualcosa? Volevo sentire la mia voce, ho collegato corde vocali e cervello e mi è uscito un barrito, una voce di orso, di elefante maestoso. Salivo e scendevo le scale, scappavo e tornavo indietro, hai una figlia, lei morirà e tu non sosterrai il dolore. Soffocherai di attacchi di panico, ti intuberanno, entrerai in un polmone di acciaio e ci starai per sempre, lontana da Nina, se sopravviverà. Gli esseri cosmologici ambigui erano ricomparsi, mi rimproveravano e mi costringevano a un pellegrinaggio lungo le scale del reparto di Pediatria.

Beige sulle pareti fino a metà muro, poi bianche fino al soffitto, prima ruvide, poi lisce e un corrimano anni '70. Salivo le scale e bussavo, continuamente. Spiegavo ai medici che dovevo essere presente al prelievo del midollo spinale perché ero la madre. Non sopportavo che mi risparmiassero un dolore così atroce. Sentivo le urla di Nina, urlava piano, emetteva dei piccoli gridolini, era una bambina gentile. Lorenzo mi lasciava fare, mi incoraggiava a liberare tutta la paura accumulata in trent'anni. Ecco di cosa soffrivamo da così tanto tempo, gli ho detto. Lui ha socchiuso gli occhi come se governasse ogni cosa.

Sono uscita a fumare e ho telefonato a mio padre, gli parlavo masticando una caramella enorme.

Mi diceva devi essere forte, adesso sei tu la mamma.

Tra il primo e il secondo piano, tra il corrimano e Dio, c'era una statua di Don Calabria in legno lucido, vicino alla statua un infermiere mi ha chiesto perché stavo piangendo. Voleva sapere l'età di Nina, la sua età era tre mesi. Cercavo di capire se potevo sopravvivere alla morte di mia figlia, raspavo tra le difese, la vacuità dell'esistenza privata dell'unica fonte di senso era finalmente davanti ai miei occhi. Eppure la mente, anche di fronte alla fine di ogni congettura possibile, lavorava per costruirsi un rifugio, per preservare la vita, annaspando provava a creare uno scudo, chiedeva quanto resisteresti? Nell'Io le divinità si dileguano.

Con l'infermiere ci siamo inginocchiati sul linoleum azzurro di fronte alla statua marrone di un prete. Io odio i preti, odio il marrone, però alle persone generose so fare concessioni importanti. Le concessioni le faccio a tutti.

Abbiamo pregato in silenzio, senza pronunciare le cose a memoria, prega per noi il signore è con te. L'infermiere era in trance ma io avevo fretta. C'era stato rumore per molti minuti, poi un silenzio pieno di grazia, un silenzio di altra specie. L'infermiere mi ha lasciato la mano.

Ho fatto le scale di corsa, Nina era appena uscita. Ho chiesto se fosse ancora in pericolo di vita ma ripetevano solo che per ora non stava morendo.

Lo dicevano indossando degli zoccoli ortopedici, nel taschino avevano delle penne con il tappo a forma di rana, di Pinocchio o di mucca. Un gioco per i bambini vivi.

Avrei potuto ingerire distrattamente delle sostanze nocive che erano passate nel latte. O pensavano che fossimo degli spostati? Eppure ero una madre celeste, avevo fatto attenzione a tutto.

Lorenzo voleva che andassi a mangiare, insisteva troppo così ho potuto prendermela con lui e l'ho riempito di commiserazione. Hanno lasciato che il principio di piacere allagasse il mondo. Questi sono i risultati.

Mi ha portato un toast farcito che ho lasciato sul comodino, le parlava all'orecchio, sorrideva, le diceva parole che non esistevano. Quando eravamo vivi, ci piaceva parlare di sostanze invisibili e di pianeti, appendere certe bacche sulle porte sistemandole in cerchio con il fil di ferro e unirle alle pagine dei libri, agli oggetti che brillano.

La febbre si era abbassata, Nina aveva smesso di tremare, il valium aveva fatto effetto. Il mio corpo continuava a occuparsi delle sue funzioni vitali e mi inviava lo stimolo della fame. Ho mangiato il toast freddo, non riuscivo a guardare Nina perché era di un pallore vicino alla trasparenza. Lorenzo mi ha tolto di mano il toast e mi ha messo la bambina in braccio ma ero troppo nervosa, avevo timore di spaventarla. Ho provato ad allattarla ma rifiutava il mio seno. I sensi di colpa mi minacciavano attraverso il suo sguardo. Il corpo cercava una nuova occasione di piacere, ha provato a sostituire la paura con un desiderio, mi ha mandato il segnale della sete.

Alla macchinetta dell'ospedale ho preso una cioccolata calda e una Fiesta. Lorenzo mi ha scritto che era arrivata la diagnosi, Nina aveva preso un'infezione, avrebbero provato a curarla con gli antivirali.

Gli antivirali, tutto qui.

Hanno caricato Nina in ambulanza per portarla in un reparto specializzato. Nina nuda dentro una culla di vetro è partita a sirene spiegate. Il cielo si era fermato in un blu fondo, bellissimo. Ho guidato fino all'ospedale, Lorenzo piangeva, io pronunciavo delle piccole bestemmie sottovoce e lui mi chiudeva la bocca con le mani. Una questione di orecchie, nessuno ascoltava.

Abbiamo fatto le scale di corsa, la mente non conteneva più il dolore, soffrivo senza sosta da più di dodici ore, così il mio cervello ha deciso di raccontarmi una storia in cui mia figlia si sarebbe salvata grazie alle parole che Lorenzo le aveva sussurrato all'orecchio. Non le sarebbe accaduto niente di irreparabile. Nina era sdraiata su un letto troppo grande coperta da un lenzuolo verde, un'espressione attonita, una faccia perfetta, la pelle liscia, il naso piccolo, terrorizzata. Era in un mondo diverso e non nel nostro. Qualcuno ha detto che eravamo stati veloci ad arrivare, la voce usciva da una signora bionda, occhiaie marroni, grado di premonizione nove. Perché all'improvviso mi era chiara tutta la questione delle reincarnazioni, leggevo le vite, le contavo sulle mani. Nina aveva una cuffia di plastica in testa a cui erano collegati degli elettrodi, il legaccio le stringeva il collo. Ho chiesto ai medici se potessero togliergliela. Aveva gli occhi spalancati perché non respirava bene. O era morta?

Hanno lasciato che le slacciassi la cuffia, qualcuno mi ha fatto una carezza sulla schiena e mi ha invitato a uscire. Dalla mattina mi facevano accomodare in sala d'attesa e mi offrivano calmanti che rifiutavo con gentilezza affettata. Rivalutavo il linoleum, pulito, liscio, lucido. Il primo momento di conforto l'ho ricevuto dal pavimento. Ci sarà il modo di renderlo meno lucido, mi chiedevo. Pensavo al pavimento di casa, piastrelle venti per venti in cotto di seconda scelta, mi sarebbe piaciuto farci colare sopra uno spessore di cemento.

La dottoressa si è avvicinata, mi sono sistemata il vestito, ho raddrizzato le spalle.

Ora che si è calmata, intendeva me, può prenderla in braccio. Continuavo a migliorare, qualcosa si pacificava, si posava tra gli strati di interpretazioni crudeli e somigliava al bene. Le persone erano buone. Ci siamo allontanate, l'hanno staccata dai fili di tutti i colori, mia figlia respirava. La baciavo e respirava. Cantavo una ninna nanna inventata perché non ne ricordavo nemmeno una. Ho mandato Lorenzo a prendere le coperte e i vestiti.

Nina dormiva.

Marrone la statua del don Calabria, di un marrone scuro senza speranza. Ho chiamato Lorenzo perché mi sembrava lento. Invece era già arrivato.

Come alla fine di una sciagura, quando si sta tutti insieme per strada, di notte, sfollati e vicini e non può più accadere niente di male, eravamo noi tre, la magia del latte e quella delle coperte.

E poi qualcuno ci ha salvato.

Nel bosco, è autunno. Il dottor Orlando quando disperdevo lamenti al vento mi apostrofava con una frase di Rūmī, diceva *Fîhi mâ fîhi*, c'è quello che c'è. Se chiamo questo verso in aiuto l'effetto che si propaga è simile al suono delle parole non preoccuparti.

Ho una sfida stizzosa con i pungitopo. A loro preferisco l'edera ma mi dispiace prediligere una pianta infestante. Ad esempio il pungitopo mette delle bacche rosse, fuorvianti in bellezza, ma le foglie feriscono.

Credo che lo splendore non debba fare male, meglio che sia fragile.

Cosa preferisci, mi chiedo, e continuano a venirmi in mente elenchi di poco conto.

La solennità delle predilezioni.

Ad esempio il mio albero preferito è la quercia ma non ne parlo mai.

Ogni tanto mi arrampico sugli alberi, abbraccio il loro tronco, sto seduta in alto e immagino di costruire una casa sui rami. Ma la condizione massima di quiete io la raggiungo in acqua.

Cerco una teoria delle particelle piccole e luminose; brillare sulla neve, ad esempio. Brillare sulla neve è una predilezione. Anche le stelle e il buio lo sono. Lo è anche l'invisibile se unito alla gentilezza. Gli spazi vuoti. Le luci calde.

I ricordi mi fanno tutti male.

Anche la gioia a volte mi ferisce, quando pronuncio il nome di mia figlia mi commuovo e non capisco che tipo di malinconia si porti dietro l'amore.

La teoria delle particelle piccole e luminose consiste nel capire dove sia l'incanto.

Dove sei.

Non so più se il tuo fiore preferito sia il lillà o l'iris selvatico. Ti ho aspettato a lungo quel giorno davanti a scuola e quando ho visto che non venivi, verso le quattro, mi sono detta che sicuramente ti girava la testa.

Non rispondi.

Se puoi venire da me sarebbe meglio perché ho fretta di abbracciarti. Ultimamente la luce dura poco, altri giorni sembra sempre buio. Non ci sei. È inverno da sempre in questo ricordo. Che poi all'improvviso sono scomparse le stelle, sta per piovere. Dovrebbe essere gennaio. Vedrai come sono cresciuta.

Emilia e Giulia hanno litigato ancora, si sono prese per i capelli poi una se n'è andata a destra e una a sinistra. Finalmente.

Nei giorni senza stelle, quando manca anche la pioggia, sembra non ci si possa più fidare di niente.

Ho piantato un'altea e due noccioli rossi, sicuramente dimentico qualcosa. Il controcanto, forse.

Un mattino. Le stelle non ci sono ma non piove. Quella sei tu? A che ora, in che giorno guarirai? Non ho capito. Allontano quest'ape dalla tua pianta. Non vieni mai a trovarmi. Cadono delle foglie, chissà che fine hanno fatto gli Hare Krishna, non li vedo da tempo. Mi sembravano felici. Ho ballato. Questo bisogno d'amore sta per finire.

Amore mio.

Ringraziamenti

Sono grata a mia figlia Mariam per avermi mostrato l'invisibile. Ringrazio Francesca Chiappa e Silvia Sorana per essersi fidate di me, Giulia Pietrosanti per i suoi consigli, Rachele Palmieri per la sua generosità, Viola Di Grado per la neve. Grazie a mio fratello Gianluca, Fernanda e Diego. A mio fratello Michele. La più alta gratitudine va a mio padre. E a mia madre. A Denis, mio maestro. Sono grata a Stefania Romano per le cure, a Betta Bochicchio, mia sorella, a Giulio Spiazzi per averci indicato l'incanto. Ringrazio Laura Bettanin, Marianeve Betti, Lucia Brandoli, Alessandro Castagna, Mouhamadou Coly, Francesca Esposito, Cristina Faccioli, Gioia Guerzoni, Thomas Pircher, Giovanni Ragonesi.

HACCA

Seconda ristampa
Finito di stampare nel mese di giugno 2018
presso Arti Grafiche La Moderna
per conto di KINDUSTRIA